KB050825

잇츠 마이 라이프 **10**

초판 1쇄 인쇄일 2022년 08월 12일 | **초판 1쇄 발행일** 2022년 08월 18일

지은이 초촌 | **펴낸이** 곽동현 | **담당편집 팀장** 이범수
편집부 정요한 조혜진

펴낸곳 (주)조은세상 | **출판등록** 제2002-23호
주소 서울특별시 동작구 동작대로1길 27 5층
TEL 02)587-2966 | FAX 02)587-2922
E-mail bukdu@comics21c.co.kr

초촌©2022
ISBN 979-11-391-0946-7 | ISBN 979-11-391-0352-6(set)
값 8,000원

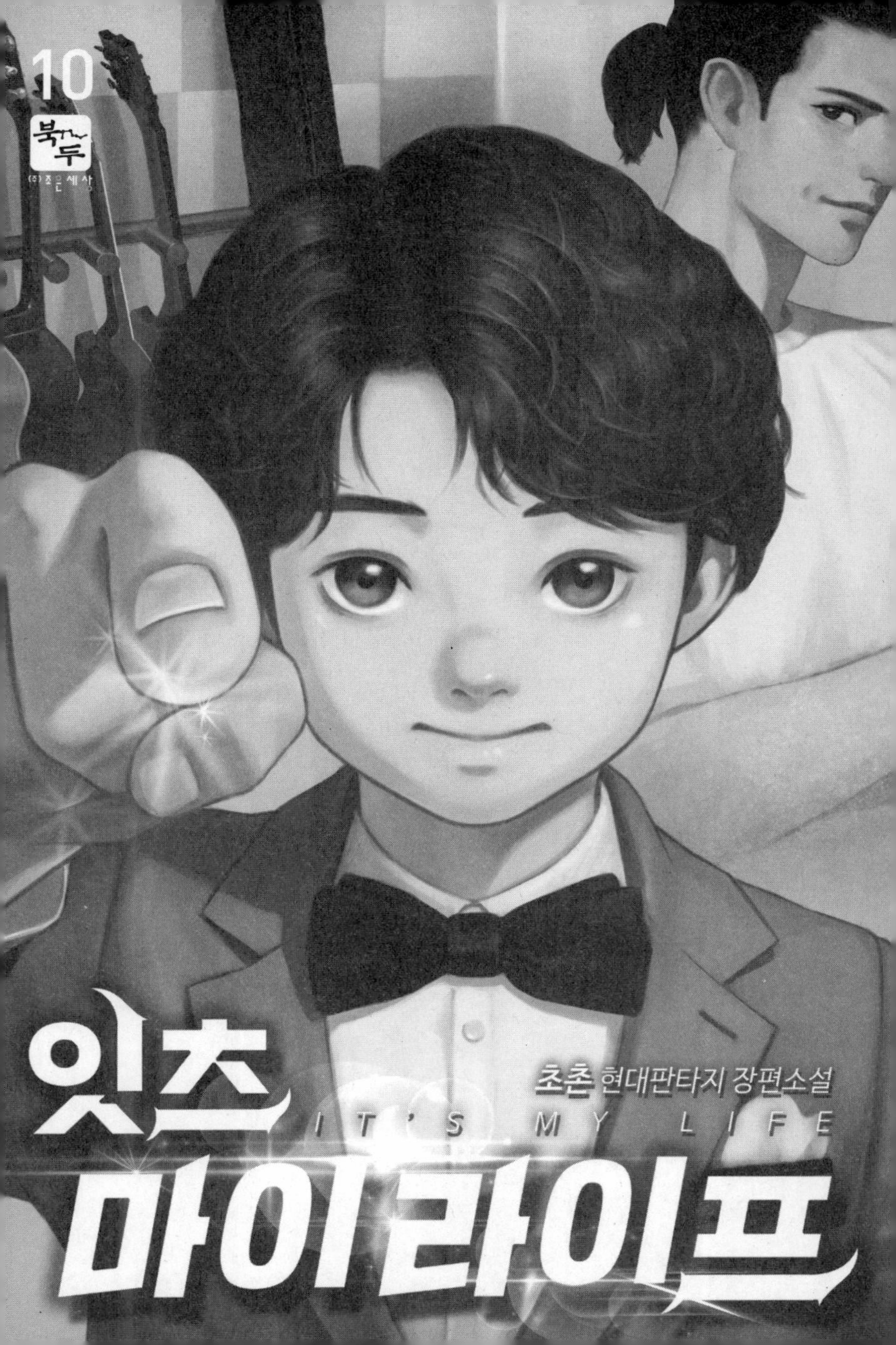
10
북두
(주)조은세상
잇츠
초촌 현대판타지 장편소설
IT'S MY LIFE
마이라이프

초촌 현대판타지 장편소설

MODOERN FANTASY STORY

CONTENTS

모처럼 학교에 갔다.

빠진 건 열흘 남짓?

그리 긴 기간은 아닌데.

심정적으로 괜히 그랬다. 실로 오랜만에 가는 것 같은 느낌.

어쨌든 내 국딩 시절의 마침표라.

얼마 남지 않은 시간 정도는 나도 충실히 할 생각으로 성실하게 다녔다.

그러는 동안 올해에도 여지없이 그래미 어워드에서 초청장이 왔다. 특이하게도 이번엔 아메리칸 뮤직 어워드에서도 초청장이 왔다.

그래도 난 설레발치지 않고 학교생활에 올인했다.

"……."

돌이켜 보면 참으로 다사다난했던 국딩 시절이었다.

할머니 손잡고 들어온 입학식, 불독 닮은 우리 연태자 선생님, 이해할 수 없는 악연과의 만남, 그래서 얻은 오해와 편견들, 이후 돌아온 영광, 영광, 영광…….

죽어도 가기 싫었던 학교가 어느새 졸업을 앞뒀다.

세월은 어찌나 빠른지.

내 키도 169cm에 육박했다. 웬만한 선생님도 내려다볼 수준.

감회가 새로웠다.

나의 성공과 함께해 온 학교생활이라.

나는 이렇게 번듯하게 자랐고 벌써 중학교를 앞두고 있었다.

"내가 참 대견하……."

"대운아, 대운아."

짝꿍인 최연주가 불렀다.

얘는 나랑 키 차이가 남에도 부득불 여전히 내 짝꿍이다.

"으응?"

"이상해. 무슨 일 생겼나 봐."

"뭐가?"

교실은 조용한데 왜?

최연주가 한 곳을 가리켰다.

"저것 봐. 저것 봐. 이상하지 않아?"

그쪽으로 고개를 돌렸는데.

"어…….."

나도 이상했다.

이 말도 안 되는 어색함이란.

"쟤 공부하는 거 맞지?"

"어어…… 그런 것 같은데."

한태국이 공부하고 있었다.

"태국이네 집에 무슨 일 있어?"

"나야 모르지."

"너 요즘 태국이네 체육관 안 가?"

"일본 가기 전까진 아무 일도 없었어."

"이상해."

"나도."

근 6년을 지켜봐 왔지만 이런 모습은 처음이었다.

저 한태국이 쉬는 시간에 문제지를 풀다니.

너무 낯설어서 도저히 안 물어볼 수 없었다.

"태국아."

"왜?"

"너 공부해?"

"학생이 공부해야지. 나도 중학교 올라가는데."

"정말?"

"너처럼은 아니더라도 중간은 가야 하잖아. 아이, 말 시키지 마. 선생님이 여기까지 풀어 오라 했단 말이야."

"잠깐만."

문제지를 들춰 봤다.

'공부의 신'이다.

깜짝 놀라 발행사를 보니 '대현교육'이었다.

"너 이거 어디에서 났어?"

"대운이 너 몰라? 이 학습지 유명해. 선생님이 막 집으로
와서 가르쳐 줘."

"정말?"

"조금 비싸긴 해도 학원 가는 것보단 싸. 학원은 또 애들이
랑 비교당하잖아. 가기 싫었는데 엄마가 이걸 신청해 주셨
어. 단둘이 공부하니까 훨씬 잘돼."

"괜찮아?"

"좋아. 잠깐 앉아 계시는데도 모르는 거 물어보면 잘 가르
쳐 주셔. 덕분에 실력이 쑥쑥 늘었어."

끝날 때까지 까칠했던 우리 김영현 사장이 컨설팅만은 제
대로 활용한 모양이다.

더 알아봤더니 사세가 이전과는 비교도 할 수 없이 커져 있
었다. 내가 그동안 눈 감고 귀 닫고 살았던 것.

어마어마했다.

몇몇 경쟁사가 반등을 노리긴 하나 '공부의 신'은 압도적 1
등을 달리는 학습지였다. 알게 모르게 우리 반에서도 신청한

학생이 30%가 될 정도. 한태국이 '공부의 신'을 가진 걸 보고 동질감을 느껴 이리저리 참견하는 애들도 있었다.

멋졌다.

비록 으르렁대긴 했지만, 결과가 좋으니 모든 게 다 좋아 보였다.

"잘살고 있었네. 그때 본 소장님들은 다들 잘 계시려나? 돈 많이 버셔야 할 텐데."

한태국의 변화만큼 89년의 마지막 달은 시사하는 바가 아주 컸다.

우선 옆 나라 일본은 닛케이 225가 사상 최대인 38,900P를 찍은 후 실 끊어진 연처럼 추락하였고 우리나라도 큰 변화를 목전에 두고 있었다.

전두한 전 대통령이 국회 광주 특위 및 5공 특위 연석회의에 출석해 125개 문항에 걸쳐 증언한다는 소식이 전국을 강타하였다.

뭔가 변하는 게 있으려나? 국민의 이목이 집중된 이때.

그러나 증인으로 예정된 최규아 전 대통령은 시작부터 무조건적인 불참으로 청문회에 찬물을 끼얹었다.

국회 광주 특위에서는 최규아에게 두 차례 출석 요구서를 보냈다 했다. 더해 네 차례나 출석을 촉구하는 서선을 보냈고 그것도 모자라 두 차례 더 동행 명령장을 발부, 집행하였으나 모두 최규아의 동행 거부로 실패했다고 보고했다.

최규아는 이런 사유서를 제출했다고.

-전직 대통령이 재직 중 일로 국회 특위에 출석, 증언하는 건 삼권 분립 원칙에 위배되고 40년 헌정사에 선례가 없다.

-대통령 재직 중 국정 행위와 관련된 국가 기밀이 증언의 형태로 무절제하게 노출돼선 안 된다.

-이미 광주 문제의 진상이 대부분 밝혀진 지금에 와서 본인의 출석, 증언이 새로운 정치적 논쟁을 일으켜 국민 화합을 저해할 우려가 있다.

-국익을 손상하지 않는 선에서 진상 조사에 도움이 되는 방법이 있을 것이다. 질의서를 보낸다면 빠른 시일 내에 서면 답변으로 대신하겠다.

무슨 개소린지.

끝까지 비겁하였다.

대한민국 전 대통령으로서 책무를 다하지 못한 것에 대한 죄책감은 1도 없는 모양이다. 끝까지 자기 보신에만 열중하는 사람.

역사는 분명 5.17을 쿠데타로 명명하고 교전국을 '하나회 vs 대한민국 제4공화국'으로 써 내려갔다. 지휘관도 '전두한, 노태운 vs 최규아'로.

제4공화국의 수장은 이렇게도 이기적이었다.

즉 그런 꼴을 촉발시킨 건 최규아나 다름없다는 결론이 나게 된다.

이에 호응한 여당 대변인들은 좋다며 그의 출석 거부에 대해 '당연하고 불가피한 것으로 생각하고 소관 특위가 이를 엄숙히 받아들이기를 바란다'라는 헛소리를 내뱉었고 야당은 당연히 반발, 최규아를 규탄했다.

-5공 군사 독재 정권을 탄생시킨 결정적인 책임을 져야 할 최 씨가 국민의 여망을 외면하고 전직 대통령으로서 국민께 봉사할 마지막 기회를 거부한 태도는 분노를 자아내기에 충분하다.

-최 씨가 국회 증언에 불응한 것은 5공 정권 찬탈 과정의 진실을 밝히라는 국민의 여망을 저버린 무책임한 처사다.

-최 씨는 전직 대통령의 체면이나 개인의 입장을 떠나 역사적 진실을 국민 앞에 명확히 밝혀야 한다.

그러나 청문회의 단점은 강제력이 없다는 것이다.

묵묵부답으로 일관해도 어떻게 할 방법이 없는 것.

판세가 유리하게 돌아가자 전두한은 비릿한 미소를 지우지 않았고 시종일관 '모른다'와 '그것과 나는 관계없다'는 자기 소신을 지켰다.

비자금 조성, 뇌물 받은 것까진 인정해도 발포 명령한 적은

추호도 없고 당연히 그럴 마음도 없었다며 어떻게 그런 상상을 할 수 있는지 국회 의원을 도리어 질책하기도 했다.

제대로 대응하는 국회 의원이 없었다.

지켜보던 국민의 항의 전화가 빗발쳤다.

자유에 대한 열망으로 제6공화국을 출범시키고 주권자인 국민을 죽인 독재자를 겨우 증인석에 세웠더니 국회 의원들은 당리당략에 빠져 제 역할을 못하고 전두한은 자기 타당성을 증언이 아닌 연설로써 설득하고 있었다. 내가 이렇게 생각하니 너희들도 그렇게 알아라.

국민으로선 통탄할 노릇이라.

김영산, 김종핀 계열마저 여당 소속으로 가만히 앉아만 있으니 세력에서 밀린 김대준의 야당은 홀로 싸워야만 했고 점점 힘에 부쳐 갔다.

그러나 야당도 문제가 없는 건 아니었다.

야당의 당략도 굳이 나서지 않는 것이었으니 청문회는 점점 더 전두한에게 유리한 쪽으로 흘러갔다.

결국 기고만장해진 전두한은 광주 학살 대목에서마저 '자위권 발동…….'을 운운하며 개소리를 늘어놓았고.

당리당략이고 뭐고 이것만은 못 참겠다며 분격한 야당의 의원 한 명이 '자위권 발동이 뭐야! 발포 명령자나 밝혀!'라고 소리치며 뛰쳐나갔고 뒤따른 다른 야당 의원도 증언대로 뛰어나가 '살인자 전두한!'이라고 고함쳤다.

옳다구나!

여당 의원들은 기다렸다는 듯 일어나 야당 의원들을 막아서며 고성을 질러 댔고 이에 질세라 다른 야당 의원들도 일어나 맞서며 어느새 국회는 파행에 이르렀다.

여당이 딱 원하던 그림이었다.

이대로면 청문회는 끝.

청문회만 무사히 넘긴다면 더는 어두운 과거를 들추지 않아도 되고 남은 건 새 역사로 덮으면 된다.

안 보이는 데서 낄낄대는 여당을 본 노무현 당시 초선 의원은 김영산, 김종핀 계열 앞으로 나아가 '권력의 개들, 배신자들!'이라며 자기 명패를 던졌고 이를 빌미로 여당 의원들이 들고일어나며 청문회는 더 이상 진행이 어려워졌다.

전두한이 퇴장하기 직전까지 갔다.

원역사대로라면 퇴장하며 어렵게 만들어 놓은 기회를 날려 버렸어야 했는데.

그때 국회 회의장 문이 활짝 열리며 한 무리의 사람들이 우르르 들어와 싸우던 의원들을 강제로 떼어 놨다.

뚜벅뚜벅.

그 사이를 유유히 걸어오는 한 사람.

실실 쪼개던 전두한은 들어오는 사람을 확인하곤 안색을 굳혔고, 여야 막론하고 어떤 의원도 이후 고성이나 막말을 함부로 내뱉지 못했다.

왕이 출현했다.

노태운이 청문회에 등장했다.

그가 전두한 옆 증인석에 앉아 좌중을 둘러보았다. 여당은 당황했고 야당도 일이 어떻게 흘러가는지를 몰라 허둥지둥 댔다.

어수선한 가운데.

노태운은 말없이 한 사람을 찍었다.

탁 걸린 사람은 명패를 주우러 나왔다가 멍하니 서 있던 노무헌이었다.

"오늘 광주 특위랑 5공 특위 청문회 날 아입니까? 왜들 서서 싸우고 난리입니까. 이 자리는 속 시원하게, 진실을 파헤쳐 보자는 자리 아닌가요? 국회 의장, 청문회 안 합니까?"

속개.

전두한이 눈으로 화살을 쏘든 말든, 기겁한 여당 의원들이 딸꾹질하든 말든, 노태운은 국민 앞에 선서하며 그토록 듣고 싶어 하던 진실을 방송 앞에서 꺼내 들었다. 지목된 노무헌의 질문을 뇌홍으로 삼아.

"그때 여럿 목숨 날아갔지예. 참군인 정승하 육군 참모 총장, 정병준 특전사 사령관, 장태안 수도 경비 사령관, 김진길 육군 본부 헌병감, 하소공 육군 본부 작전 참모…… 수십의 목이 날아갔습니다. 전두한이는 이미 움직였고 아래 있던 사람들도 서둘러 움직이지 않으면 다 죽었을 테니까예. 당시 제

9보병 사단장이었던 지도 마찬가지입니다."

"광주 사태요. 그 일도 쫓아가다 보면 간단히 풀이할 수 있는 문제지예. 아니, 어느 미친놈이 대통령의 허락도 없이 국민께 총부리를 겨눈답니까? 거기 들어간 특수 부대만 몇 개인 줄 아십니까? 내도 살펴보고 깜짝 놀랐습니다. 전두한이는 광주 사람 다 죽일라 캤습니다. 당시 기록들, 보고 체계, 결재 서류까지 대통령 권한으로 싹 다 증거물로 제출하겠습니다."

"보소. 거기 김영산 씨. 다 그래도 당신은 그래 앉아 있으면 안 되지 않겠소? 권력이 아무리 좋아도 할 건 해야지. 국회 의원 배지 달고 그러고 있으면 누가 대통령 자리 거저 준답니까. 도리를 다해야지 않겠소? 국민 여러분, 잊지 마십시오. 최규아가 대통령 내려놓는다 캤을 때 그때 대통령 하겠다 나선 후보 놈들 중 하나라도 전두한이를 견제했다면 피의 역사는 벌어지지 않았을 낍니다. 여기 보십시오. 당신들이 맹목적으로 밀어주는 김영산, 김대준 이 얼굴들이 이렇게도 잘났습니다. 이 상황에도 권력을 쥐려고 안달이지예. 쪽팔리게도. 하하하하하하하."

"지는 이 자리를 빌어 과거 잘못됐던 역사에 대해 철저히 규명, 지부터가 그에 대한 책임을 지겠다 맹세합니다. 국민께서 주신 대통령직을 마치자마자 죄를 달게 받을 것이며 앞으로도 다시는 이런 일이 일어나지 않게 가진 자료들을 모두 공개, 국민이 언제든 볼 수 있게끔 박물관에 전시하겠습니다.

늦었지만, 그동안 고통 속에 살아오신 분들께 진심으로 사죄 드립니다. 죄송합니다."

허리를 굽혀 마음을 표현한 노태운은 할 말이 끝났는지 국정 운영이 바빠 나가도 되냐고 물었고 국회 의장은 멍하니 고개를 끄덕였다.

하지만 그는 나가다가 멈칫 도로 마이크를 잡았다.

"그런데 최규아랑 전두한이는 탄핵 안 합니까? 언제까지 이런 망종들을 우리 역사에 대통령으로 올려 두시어 치욕을 맛보실 겁니까? 대통령도 잘못하면 탄핵당한다는 걸 알려 줘야 하지 않겠습니까? 지부터 말입니다."

핵폭탄을 던진 노태운은 홀가분한 표정으로 나갔고 그다음 날로 유유히 광주로 직행.

5.18 희생자를 안장한 공동묘지를 참배하였다.

엉망인 묘지였다. 나름대로 꾸린다고 꾸렸다지만 산등성이에 얼기설기 모아 놓은 것.

노태운은 이곳을 국립묘지로 격상하겠다 발표(원역사에서는 94년에 첫 삽을 뜨고 97년에 완공), 우르르 몰려온 광주 시민들께 잘못했다며 빌었고 엉엉 우는 유가족들과 얼싸안고 바닥에 같이 주저앉아 울었다.

그 장면이 뉴스를 통해 전국으로 송출되었다.

한번 움직이기 시작한 노태운은 거침이 없었다. 이틀을 더 광주 전역을 돌며 위무한 그는 다음 행선지로 부마 항쟁의 진원지인 부산과 마산을 찾았고 그들 앞에 사죄했다. 다시는 이런 일이 벌어지지 않게 최선을 다해 관련자들을 처벌하겠다 선언했다.

희한한 일이었다.

그가 어금니 딱 깨물고 낮아지고자 박살 나고자 행보를 시작하자 그 이름이 이전과는 비교도 할 수 없이 높아졌다.

비로소 진정한 대통령이 나타났다며 온 국민이 칭송하였다.

뜨거운 바람을 실감한 노태운은 지금까지 미뤄 뒀던 법안을 강력하게 밀어붙였고 국회 의원들은 입도 뻥끗 못 하고 거수기가 되었다.

훗날 그의 정책에 대한 평가는 여러 가지 측면에서 긍정적이 되었는데.

몇 가지만 꼽는다면.

첫 번째, 자신의 치부를 깐 최초의 대통령이 되었고.

두 번째, 공개 청문회인 국정 감사 제도를 부활시켰고.

세 번째, 정치인 및 정치에 대한 풍자의 자유와 표현의 자유를 허용하였고. 대통령에게 '물태우'라 부를 수 있었던 것도 모두 다 대통령의 결단이라 어쨌든 정치의 권위가 많이 낮아진 계기가 됐다.

네 번째, 의료 보험 제도의 '전 국민' 확대였다. 민간 보험 회사들의 입김이 커지기 전에 주도적으로 추진하여 세계적으로도 의료 체계가 가장 잘 잡힌 나라가 되었다.

다섯 번째, 범죄와의 전쟁이었다. 조직폭력배와 인신매매 조직만큼은 철저하게 때려잡아 대한민국에서만큼은 야쿠자나 갱단이 발을 붙이기 어려운 여건을 조성했으며, 노약자도 안심하고 길거리에 나설 수 있는 환경을 만든 것. 전 세계 치안 1위는 놀다가 나온 것이 아니었다.

이외에도 무시무시한 괴물이던 소련과도 물꼬를 튼 외교와 최대의 부흥을 이끈 경제에 대해서도 있었다.

물론 부정적인 측면도 있었다.

우선 영호남 지역감정을 조장하고 경상도권 인사들이 주요 요직을 독식한다든가. 율곡 사업, 부실 대학 대량 양산, 부동산 정책의 부작용에 범죄와의 전쟁을 시작할 만큼 치안이 극도로 불안하였다.

치안 부분에 대해서는 경찰력 대부분을 학원, 노동 시위 진압에 동원했으니 당연한 일이긴 한데.

이 틈을 타 살인, 강도, 강간 등 강력 범죄가 거의 매일같이 터져 나왔으며 심지어 조직폭력배, 인신매매 등 조직범죄까지 기승을 부리고 실종 중 미(未)귀가자가 10만 명을 넘을 만큼 열악하였다.

본역사에서는 이러했으나.

이제부터는 꽤 많이 달라진 역사를 볼 것 같았다.

나도 이 정도까지 해 줄 줄은 몰랐으니까.

◇ ◆ ◇

페이트 3집이 약진하였다.

매 정산 때마다 큰 변동 없이 꾸준히, 매출을 올려 주던 3
집이 갑자기 엄청난 물량을 쏟아 내며 우리를 놀라게 하였다.

"이유가 뭐지요?"

"아무래도 뮤직비디오의 흥행이 큰 역할을 한 것 같습니
다. 아무래도 지금까지 이런 뮤직비디오는 없었으니까요."

"뮤직비디오라."

"영화의 한 장면을 보는 듯하지 않았습니까? 퀄리티는 세계
최고 수준이고 그 덕을 본 건 다른 앨범도 마찬가지지만 특히
나 1집과 3집의 뮤직비디오는 최고라고 정평이 났습니다. 판
매량이 엄청 뜬 이유도 그것이 큰 요인이 되었을 겁니다."

"그런 측면이라면 4집도 괜찮지 않나요?"

4집도 리메이크 음반이라 영화적으로 친다면 1, 3집에 못
지않았다.

"물론 4집도 난리가 났습니다. 할리우드 영화 제작사에서조
차 우리 뮤직비디오 사용에 대한 제안이 들어오고 있으니까요."

오케이.

4집에서만 90년 개봉 영화가 세 개나 있었다.

Lambada, Unchained Melody, Oh Pretty Woman.

람바다, 사랑과 영혼, 프리티 우먼.

시나리오 집필 도중에라도 우리 뮤직비디오를 봤다면 그냥은 넘어갈 수 없을 것이다. 부랴부랴 수정하고 한바탕 뒤집었겠지. 잘못했다간 뮤직비디오 표절이 날 수도 있었으니.

3집도 그랬다.

수록곡 대부분이 영화 OST. 그래서 더 컨셉이나 콘티 짜기 쉬웠고 영상미는 가히 최고였다.

눈으로 보는 것과 귀로 듣는 것의 차이점을 안다면 파괴력 또한 완전히 다르다는 걸 동의할 것이다.

그만큼 뮤직비디오의 등장은 그동안 페이트 앨범을 사지 않았던 사람들마저 레코드샵에 문을 두드릴 정도로 엄청난 반향을 이끌었다. 앨범에 대한 이해도가 높아졌으니 그 감동을 계속 느끼기 위해서라도 소장 열풍은 강해졌다.

하지만 그렇다 해도 3집의 성공은 이례적이었다.

'1집 1,000만, 2집 400만, 3집 1,000만, 4집 500만, 5집 500만, 6집 500만, 7집 500만.'

1집이야 89년 그래미 이슈가 있으니 널뛰어도 인정한다지만 3집은 뜬금포.

다른 앨범들 평균이 500만인 걸 봤을 때 2배의 신장이라는 건 단순히 유명세라고 말하기에는 무리가 있었다.

원인이 무엇이었을까?

'알다가도 모르겠네. 갑자기 툭 튀어나오고.'

하여튼 일이 이렇게 돌아갔다.

"그나저나 4,400만 장이라니."

엄청난 물량이 나갔다. 상반기에도 3,800만 장이 나갔으니 올 한 해 총 판매량이 8,200만 장이다. 작년 88년에도 7,600만 장이 나갔다.

2년간 약 1억 6천만 장.

정말 좋으나.

어느새 페이트 앨범이 판매나 돈의 문제가 아닌 다른 이유로 끝이 보이고 있음을 느껴졌다. 효력이 끝날 시점이 오고 있다는 것.

소견이었다.

세계 최고의 앨범을 논할 때는 보통 1억 장을 기준으로 예로 든다.

세계 단위로 친다 한들 앨범의 구매 파워는 북미와 유럽, 일본이 거의 전부라고 봐야 옳았다.

동양인이란 핸디캡을 봤을 때 1억 6천만 장이란 판매고는 물리적으로 한계치에 도달했다는 것으로 봐도 무방하였다.

인구수야 그보다 훨씬 많겠지만 좋아라 하는 것과 앨범을 구입하는 적극성은 전혀 다른 차원이니까.

4,400만 장에 대한 대금으로 3억 1천만 달러가 오필승의 계좌에 꽂혔다.

이뿐 아니라 La Bamba, Donna, The time of my life, Don't Worry Be Happy의 정산액도 들어왔다.

큰돈은 아니었다.

세 영화 합쳐 3,100만 달러.

'말을 하면서도 기가 막히네. 이젠 3,100만 달러가 큰돈이 아니라네.'

간땡이가 부은 건지.

그러나 이제 시작이었다.

OST의 행진은 매년 계속될 예정이다. 애니메이션 인어공주가 대박 행진을 하며 Under the Sea가 물망에 오르듯 람바다, 사랑과 영혼, 프리티 우먼도 캐리할 테니까.

"알겠어요. 많이 팔렸다는데 굳이 이유를 찾는 것도 우습죠. 팔리면 됐지 소비자 심리까지 우리가 어떻게 다 꿰차겠어요."

"그래도 일단 살펴는 보겠습니다. 보고용으로도요."

"그렇게 하세요."

"그뿐 아니라 뮤직비디오의 판매도 엄청나답니다. 정가 25달러 책정이라 다소 무거운 가격인데도 소장하겠다는 이들이 계속 늘어나고 있답니다."

좋은 소식이었다.

나도 당연한 것처럼 말했다.

"제 앨범이 원래 소장 가치가 높죠."

그 당연한 것에 영상까지 얹었으니 얼마나 갖고 싶을까?

어쩌면 앨범보다 더 인기 있을 수도 있었다.

김연도 역시나 당연하게 대답했다.

"그렇습니다. 소장가치만큼은 대중음악 역사상 페이트에 견줄 앨범이 없을 겁니다."

"그런 측면에서 겨우 1만 장 발매된 1집 한국어 버전이 떠오르네요."

"한국어 버전이요?"

"희소성이 얼만 할까요?"

"그야……."

"2000년대가 넘어서면 족히 수백만 원을 호가할지도 몰라요. 민트급은."

"그 정도입니까? 근데 민트급이라뇨?"

"그런 게 있어요. 어쨌든 수집가들의 욕구를 우습게 보지 않으셨으면 좋겠어요. 페이트 앨범의 시작은 한국어 버전이잖아요. 이 사실을 알게 된다면 우리나라로 쳐들어오는 이들이 꽤 많아질 거예요."

1990년의 시작은 대박이라는 낭보와 함께였다.

작년 180만 장이라는 판매고를 올린 변진석 1집이 마무리되고 하광운이 합류한 2집이 원역사보다 조금 늦어 12월에 발매됐다. 그러나 선주문만 50만 장이었다. 그마저도 빠르게 소진되고 있다는 소식이 들렸다.

개꿀.

잡음이 많았던 이문셈은 결국 정규 5집 '가로수 그늘 아래 서면'을 끝으로 결별했다.

간섭이 너무 심하다나 뭐라나.

1집, 2집 폭망하고 벌벌 길 때를 생각하면 너무도 기가 찬 발언이었지만 위상이 달라진 만큼 이 정도 디스는 예상한 범위 내였다.

어쨌든 아티스트들 잘 챙기기로 소문난 오필승과 만나 3개의 앨범으로 총 700만 장의 판매고를 올렸으니 누릴 영광은 다 누린 것으로 봐도 좋았다. 매출로는 200억 조금 넘으려나?

배가 불렀다길래 쿨하게 잘 가라고 보내 줬고 이문셈도 뒤도 돌아보지 않고 나가 다른 제작사와 계약했다.

뚝 떨어진 작곡가 이영운에겐 세계 일주나 하며 머리를 식히라고 했다. 그도 아주 좋아했는데 아내와 함께 요즘 신나게 돌아다닌다.

김연은 다음 보고로 넘어갔다.

"석언이가 기획한 015V의 앨범이 곧 나올 것 같습니다."

"그래요? 작년부터 잘되고 있다더니. 느낌이 어때요?"

"신해천이가 도와주고 했는데요. 객원 보컬로 윤종심이 합류한 이후 급물살을 타고 있죠. 애가 괜찮더라고요. 목소리와 발음이 아주 깨끗합니다."

"윤종심이요?"

윤종심이 이때부터 활동했던 모양이다.

한국 대표적 싱어송라이터로 예능까지 두루 섭렵한 인재가 시작은 이랬구나.

"재능이 괜찮은 것 같아 계약했습니다."

"잘하셨어요. 타이틀은 어떻게 되죠?"

"일단 '텅 빈 거리에서'로 가닥을 잡고 있습니다."

"들어 볼까요?"

"좋죠."

미리 준비했던지 녹음본을 트는 김연이었다.

익숙한 멜로디가 나왔다.

90년대 초반을 이끈 감성.

어쩌면 푸른하늘과도 많이 닮아 있었는데.

그래서 더 듣기 좋았다. 추억 돋아서.

내가 고개를 끄덕이자 김연은 미소 지었다.

"괜찮습니까?"

"조금은 반응이 늦게 오겠네요."

"예?"

"그 형들 잘 다독여 주세요. 너무 일찍 실망할 필요 없다고요. 기다리면 복이 올 거라고요."

"아……."

"다음은 없나요?"

"그보다 아메리칸 뮤직 어워드는 어떻게 하실 생각이십니까?"

"며칠이죠?"

"이달 22일입니다. 장소도 89년 그래미 시상식이 열렸던 슈라인 오라토리엄입니다."

벌써 시간이 이렇게 됐던가?

"으음, 빨리 결정을 내려야겠네요."

"……."

"너무 바쁘네요. 2월에는 또 그래미에 가야 하는데."

그래미는 무조건 참가였다.

2년 연속 다 퍼 줬는데 안 가면 배신.

내가 살짝 부정적인 뉘앙스를 띄자 김연도 얼른 받았다.

"아무래도 힘든 일정입니다. 올해는 졸업도 하셔야 하고 아메리칸 뮤직 어워드는 아무래도 그래미의 후발 주자라 무게감이 떨어지죠."

시상 부문도 현저히 적었다. 임팩트도 약하고.

"그렇다고 영~ 무시할 만큼 작지도 않잖아요."

"그렇기도 합니다. 애매하죠."

"근데 왜 갑자기 부른 거죠? 그래미가 부를 때는 뭐 하다가."

"제 예상에는 전혀 고려하지 않다가 그래미 시상 후 자극받은 것 같습니다. 왜 페이트는 안 부르냐는 질타도 받은 것 같고요."

"한마디로 절 띄엄띄엄 봤다는 거네요."

예를 들면, 이런 느낌이다.

스테이지 원의 중간 보스 주제에 자라나는 새싹인 주인공을 무시하다가 주인공이 덜컥 최종 보스를 깨 버리자 앗 뜨거! 하며 달려와 자기를 거둬 달라는 느낌.

문학계가 맨부커상을 먼저 받고 노벨 문학상을 노리는 것처럼 아메리칸 뮤직 어워드는 그래미로 가는 길목이었다.

그런 곳이 자기가 먼저 나서서 난리를 부린다.

내 인식이 비틀린 건지 아무튼 묘한 기분이 들었다.

하지만 참석하지 않아도 문제였다.

이제 막 미국에 발을 디디는 입장에서 거대 시상식의 불참은 새로운 논란거리가 될 수 있었고 무조건 내 손해였다.

어떻게든 가야 한다는 것.

"피곤해도 제가 좀 바쁘게 움직이죠. 그게 서로에게 편할 것 같네요."

"어쩌면 한 번은 겪어야 할 일일지도 모르겠습니다. 중학교, 고등학교 과정이 남았으니 매년 이럴 테니까요."

"일정을 잡죠. 대신 최소한으로요."

"알겠습니다. 근데 저도 데려가실 겁니까?"

"그건 잘못된 질문이죠. 오필승의 음반 사업부 수장이 시상식에 빠지면 안 되죠. 그래미에 비해 빠진다고는 하나 아메리칸 뮤직 어워드인데요."

"감사합니다."

마무리되는 느낌이라 슬슬 셔터 내리려고 했다. 복잡한 머리를 이끌고 집에나 일찍 들어가 쉬려고 말이다.

"이제 끝났나요? 끝났으면……."

"아! 죄송합니다. 아직 한 가지 더 남았습니다."

더 있다고?

"뭔가요?"

"신승후 앨범이 완성됐습니다. 기어코 열 곡을 채웠고요. 가녹음까지 마쳤습니다."

"그렇게 빨리요? 얼마 전에 다섯 곡밖에 되지 않는다고 하지 않으셨어요?"

"동아리 친구부터 그 친구의 인맥까지 싹 동원해 곡을 마련해 왔습니다. 벌써 3년째 연습생이지 않습니까? 몸이 달 만했죠."

신승후가 들어온 지 3년이나 됐던가?

너무 오랫동안 방치했구나.

나도 살짝 미안해졌다.

김연이 테이프를 들고 있었다.

"알았어요. 들어 볼까요?"

"기다리고 있었습니다."

틀었다.

조용히 인간 신승후의 노래를 들어 보았다. 3년간의 연습생 생활과 그보다 더 긴 야인 생활로 다져진 그의 총화를.

열 곡이었으나 경음악을 빼면 아홉 곡.

그 아홉 곡에 혼신을 바친 열정이 느껴졌다.

'으음……'

그러나 이 앨범은 이대로 내선 안 된다.

"세 번째 트랙 누가 썼어요?"

"예?"

"세 번째 트랙이요."

"세 번째 트랙이면 '날 울리지마'네요. 승후의 동아리 친구
인 백진교란 친구가 다른 작곡가에게 받아 온 곡입니다. 김창
한이라고 덕인산업 소속 작곡가입니다. '미소 속에 비친 그대'
이후 다음 타이틀로 점찍어 둔 곡입니다."

김창한이라.

90년대를 이끌 프로듀서이자 작곡가였다. 역사대로라면
신승후와 김건몬을 키우고 '잘못된 만남'으로 한국 기네스에
오른 남자.

그 사람의 시작이 이런 식이었나?

"이 곡은 쓰면 안 돼요."

"예?!"

말보다 직접 들려주는 게 좋을 것 같아 앨범 서재로 갔다.

앨범 서재엔 1960년대부터 서양과 일본에서 제작한 음반
이 총망라돼 있었다. 마이클 볼트에 부탁하여 차려 놓은 것.

거기 수집해 놓은 작품 중에서 하나를 꺼내 턴테이블에 올
렸다.

"이건 샘 해리스 앨범 아닙니까?"

앨범 표지를 본 김연이 고개를 갸우뚱.

나는 84년에 발표된, 15곡이나 수록된 Sam Harris의 동명 앨범 Sam Harris의 7번째 트랙을 들려줬다.

Don't Look In My Eyes. 내 눈을 보지 마.

웃긴 건 이 곡도 분명 내가 감상한 리스트에 들어가 있었음에도 당시엔 전혀 연관을 못 시켰다. '날 울리지마'를 듣고서야 번쩍하고 떠올랐으니.

내 응용력이 떨어지나? 하여튼.

"아……!!!"

멀뚱한 표정을 짓던 김연의 입이 떡 벌어졌다.

동시에 얼굴이 시뻘게 달아올랐다.

"이런…… 개!!"

뒷말은 듣지 않아도 알겠다.

3년간 연습생 생활에 그 이상의 야인 생활을 한 아티스트가 겨우 첫발을 내디디려는 아주 중요한 시점이었다. 신승후의 처음과 지금까지를 다 지켜본 김연의 분노는 상상 이상으로 컸다.

부들부들 떠는 게 눈에 보일 지경.

나도 긴장감이 팍 높아졌다.

90년대가 온 것이다. 대한민국 가요계의 최대 부흥기이자 오점이 넘치던 시절.

음악계 종사자 출신이 아닌지라 그간 자세한 내역은 모르지만, 표절이 판치던 시대란 건 나도 들어서 안다.

시작됐으니 혹시나 모를 일에 대비해 앨범 서재를 더욱 자세히 이용해야겠다 마음먹고 있는데.

그사이 분노를 가라앉혔는지 김연이 담담한 목소리를 내뱉었다. 내 보기에 절대 담담하지 않았지만.

"앨범은 뒤로 미뤄야겠습니다. 이걸 냈다간 두고두고 승후가 고통받을 겁니다."

"그렇겠죠. 우리 오필승의 대표적 싱어송라이터가 될 사람인데. 첫발부터 오명을 덮어씌울 순 없겠죠."

"총괄님, 화가 도통 가라앉지가 않습니다."

"이해해요. 어떻게 해 드릴까요?"

"아닙니다. 이 건은 제가 해결하겠습니다. 제 인맥을 총동원하는 한이 있더라도 이 바닥에서 얼굴을 내밀지 못하게 만들 겁니다. 감히 그 알량한 머리로 우리 오필승을 건드렸습니다. 반드시 대가를 치르게 할 겁니다."

무섭다.

신승후에서 번져 온 불길이 우리 오필승에까지 옮겨붙었다.

이러면 물러설 수가 없었다.

"……."

"맡겨 주십시오. 그리고 죄송합니다. 하마터면 큰 실수를 할 뻔했습니다."

"늦었지만 다음부턴 작곡 계약 시 작곡계약서에 조항을 하나 추가하는 게 좋겠어요. 표절임이 밝혀질 시 그에 상응하는 손해 배상과 법적 절차를 밟겠다고요."

"물론입니다. 그리고 저도 이번 일에 대한 책임으로 절반의 감봉 1년과 그 기간 동안 인센티브를 받지 않겠습니다."

"그럴 필요까지는……."

"아닙니다. 총괄님도 말씀하셨잖습니까. 이 바닥에 이미지가 얼마나 중요한지. 터럭이라도 오필승이 훼손되는 건 있을 수가 없는 일입니다. 부탁이니 허락해 주십시오."

자존심이 진짜 많이 상한 모양이다.

그러나 김연의 말이 옳기도 했다.

이 앨범이 나갔다면 우리 오필승은 두고두고 남 말 하기 좋아하는 이들의 입에 오르내렸을 것이다. 자기 일이나 잘 챙기라고. 어쩌면 주홍글씨처럼 영원히 따라다녔을 수도 있었다.

그렇게 생각하니 너무도 괘씸했다.

"그렇다면 이 꼴로 만든 놈을 조져 주세요. 그게 제 부탁입니다."

"그 부탁 확실히 받았습니다. 맡겨 주십시오."

Chapter 73

Chapter 73

옆 나라 일본이 느닷없이 폭락하는 닛케이 지수에 당황해하고 있을 때 우리나라는 치솟는 부동산에 온 나라가 들썩였다.

88년에 들어 산본, 중동, 평촌에 '주택 200만호 건설 계획'이라는 대규모 택지 개발을 예고했음에도 집값이 안정되지 않자 노태운은 작년 4월, 2차 주택 개발 계획을 발표하게 되는데 여기에 선정된 곳이 바로 분당, 일산 신도시였다.

수만 명이 몰렸다. 소위 말하는 '복부인'들까지 가세하자 땅값이 하늘 높은 줄 모르고 치솟았고 또 하나의 집값 상승 요인이 됐다.

이 일로 재미 본 오필승 식구들이 꽤 있었다. 조형만, 이상

훈이 대표적이었는데.

　두 사람은 일산 일대를 돌며 가진 돈을 많이 투자하였고 20배 이상의 차익을 남겼다. 이들의 조언을 들은 몇몇도 집을 사 두었다가 껑충 뛰어오르는 가격에 하루하루가 즐거웠다고 한다.

　지군레코드 사장도 입이 찢어졌다. 예전 J&K 설립 단계 때 내가 던져 준 힌트를 무시하지 않았는지 십억 대 단위를 넣었다나 뭐라나. 구체적으로 얼마나 벌었는지는 며느리도 모른다.

　한창 행복해하는 조형만과 이상훈을 불러 충남 연기군 일대 땅을 사라고 지시했다.

　이미 땅에 관한 한 전문가급의 포스를 형성한 이들이라도 불붙은 수도권 땅도 아니고 난데없이 충청남도의 땅을 사라고 하는 것에는 잠시 얼떨떨해했는데 그럼에도 또 좋다고 땅 보러 내려갔다.

　"그래서 얼마나 된 거죠?"

　"작게나마 건물을 올릴 수 있는 곳으로 서울에만 120여 곳을 확보해 두었습니다."

　오랜만에 홍주명을 불러 담소 겸 보고를 받는 중이었다.

　오필승 건설의 자산 현황.

　"수도권은요?"

　"아직 숫자가 적어 30여 곳에 불과합니다."

　"240곳 이상으로 확보해 주세요. 큰 덩어리는 큰 덩어리대로, 작은 것은 작은 것대로 말이죠."

"총괄님은 서울, 수도권을 전부 오필승으로 도배하실 생각이십니까?"

홍주명이 농담이라고 던진다.

난 진심이다.

"이왕이면 오필승 건설은 땅에다 쏟아붓죠. 하시는 김에 오필승 타운을 지을 장소도 물색해 주셨으면 해요."

"오필승 타운도 실행에 옮기시렵니까?"

"여기 반포 단지도 모여 사는 데 지장 없긴 한데. 나중에 부랴부랴 확보하려면 힘들잖아요. 일단 가지고 있으면 쓰는 건 우리 마음이니까요."

"알겠습니다. 그렇다면 매봉산 일대가 어떻습니까? 우리나라도 선진국처럼 발전한다면 View가 집값 형성에 아주 중요한 요소가 겁니다. 한강 주변에서 떠나신다면 결국 주변에 산과 숲이 있는 게 좋겠죠. 최소 몇천 평만 확보한다면 타운 건설은 어렵지 않을 겁니다."

"좋은 생각이세요. 매봉산 일대를 잘 지켜봐 주세요."

"예."

"가온은 별일 없죠?"

"작년 특수에 비해 다소 줄어들긴 했으나 프리미엄은 여전히 작용 중입니다. 투숙객들에 한복을 증정하는 호텔은 세계유일이니까요."

"맞아요. 비싼 한복을 맞출 바에 겸사겸사 호텔에 묵는 것
도 괜찮겠죠. 대여점은 어떻게 되고 있나요?"

경복궁 옆 한복 대여점의 운영은 오필승 건설이 맡았다.
건물 관리와 임대는 오필승 건설의 주력 사업이다.

"올림픽도 있었고 이후 한복에 대한 관심이 아주 높아졌습
니다. 싼 대여료로 궁중 예복을 입을 기회는 흔치 않으니까
요. 인기가 좋습니다. 여행사 몇 개와 제휴해 투어 상품으로
도 만들었고요."

"잘됐네요."

"건설 쪽은 잘 돌아가고 있습니다. 염려 마십시오."

"감사해요. 잘해 주고 계셔서. 부족하신 건 없나요?"

"부족하다뇨. 분에 넘치는 대우를 받고 있습니다. 건강 검
진도 그렇고 매년 뿌듯한 만족감으로 살고 있습니다."

"잘 지내고 계시다니 다행이네요. 건강에 유념하시고요."

"하하하하, 제가 드릴 말씀입니다. 총괄님 덕에 최고의 전
성기를 누리고 있는데요. 아직 20대랑 붙어도 지지 않을 자
신이 있습니다."

앙상한 팔을 들어 알통을 보여 준다.

서로 흐뭇.

1시간 남짓한 대화도 거의 시간이 끝나 가 슬슬 헤어질 타
이밍을 잡았다. 기타 잡무도 여간 많은 게 아니므로.

그런데 홍주명이 뜬금없는 얘기를 꺼냈다.

"요새 김 실장이 화가 많이 났다는 얘기를 들었습니다."

"아…… 대표님의 귀에도 들어갔나요?"

난리긴 했다.

어느덧 대한민국 최고의 제작사가 된 오필승 엔터테인먼트였다.

내가 존재한다지만 실무 전부를 컨트롤하는 김연은 가히 최고의 프로듀서로 일컬어지고 있었고 이 바닥에서 무시할 사람이 없었다. 방송국에서부터 제작사, 레코드사까지 김연은 언제라도 환영받는 VIP였고 그럼에도 한결같이 겸손한 자세로 일관하기에 평판도 좋았다.

그런 김연이 지금껏 보여 준 적 없는 공격적인 행보를 보이고 있었다.

"자존심이 많이 상하셨어요. 걸러 내지 못했다고요."

"들어 보니 화가 날 만도 했습니다. 워낙에 치명적인 일이었으니까요. 마치 가온에 일본 제품이 들어온 거나 마찬가지 아니겠습니까?"

우와~ 나도 모르게 기모노를 상상해 버렸다.

움찔.

어쩜 이렇게도 예시가 찰떡같은지.

조선 시대를 표방하는 가온에 일본 기모노라니.

당치도 않았다.

홍주명은 덧붙였다.

"저는 이런 생각까지 해 봤습니다. 이참에 오필승에 문을 두드리는 자들에 대한 경고를 해 주는 게 어떤가 하고요."

"경고요?"

"본보기로 삼는 겁니다. 아티스트들에게 할 수 있는 모든 지원을 다 해 주는 우리 오필승이기에 더욱 명분이 서는 일이지요. 그런 오필승을 감히 훼손하려 했으니까요. 의도든 의도가 아니든 감히 총괄님의 얼굴을 먹칠하려 했지 않습니까? 김 실장의 행보가 과격하고 날카로운 건 아마도 그 이유가 클 것 같습니다."

"……"

홍주명의 말이 맞았다.

한 발 떨어진 홍주명도 이렇게 파악할진대 그것을 직접 목도 중인 오필승 엔터테인먼트 식구들은 어떤 마음일까?

스스로 1년간 인센티브를 받지 않고 연봉도 절반이나 삭감해 버렸다. 언제나 웃으며 주변을 포근하게 감싸 주던 행동도 더 이상 하지 않았다.

핏발 선 눈으로 돌아다녔고 가진 인맥을 총동원해 김창한이 있는 덕인산업을 공격하였다.

덕인산업은 훗날 라일음향으로 알려질 기획사의 모태였다. 원래는 신승후, 노이즌, 박미견, 김건몬, 클룸을 연달아 히트시키며 90년대 가요계를 휩쓸 운명이었으나…… 제 발로 찾아온 신승후 이후 건들지 않고 크게끔 놔둘 작정이었으니 성공했을 기획사였다.

그러나 이젠 달라졌다. 김연 때문에라도 그나마 유지하던 명맥마저 어려워질 것이다.

사실 사태는 내 설명보다 훨씬 심각하였다.

김연과 친한 PD들은 어느새 덕인산업이 발매한 음반을 틀지 않았고 덕인산업 소속 가수도 부르지 않았다. 덩달아 공연 윤리 위원회의 황갑철마저 알아서 움직여 덕인산업이 내놓는 앨범마다 퇴짜.

명분은 확실했다.

이 시대에 표절이라 함은 가수든 작곡가든 바로 은퇴.

그런 짓을 오필승에 뿌린 것이다.

페이트로 인해 대한민국의 보물로 떠받들어지는 오필승에 그런 짓을 했으니 누구도 덕인산업의 편을 들어 주지 않았고 결국 덕인산업의 사장이 직접 우리 오필승에 방문하게 됐다.

물론 만나는 건 전혀 다른 문제였다.

그가 방문할 당시 김연과 나는 로스엔젤리스행 비행기에 몸을 싣고 있었으니.

"총괄님, 정 과장 말로 어제 덕인산업이 찾아왔다고 하더군요."

"그래요?"

"해외 출장 중이라고 알려 줘도 가지 않고 버티며 업무를 방해해서 경호원이 쫓아냈답니다."

"피곤한 사람이네요."

제법 시끄러웠을 것 같았다.

"그만큼 다급하다는 얘기겠죠."

"다급하다라. 우린 망할 뻔했는데. 아 참, 홍주명 대표께서 이런 말씀을 하시더라고요. 실장님의 행보가 이참에 가요계에 경고하는 게 아니냐고요."

"아아, 그런 말씀을 하셨군요. 사실 그런 면도 있습니다. 뿌리까지 발본색원하지 않으면 언제고 또 이런 일이 생길지도 모른다고 생각했습니다. 다소 과격하더라도 이해해 주십시오."

"과격하다뇨. 지금도 한없이 인자하신데요."

"예?"

"제가 움직였으면 덕인산업 대표 따위가 감히 오필승에 발이나 디딜 수 있었겠어요?"

"아……."

"충분히 잘하고 계세요. 실장님이 어떻게 움직여도 괜찮다는 말씀을 드리는 거예요. 하고 싶은 거 다 하세요. 우리가 먼저 건든 것도 아니고 가만히 있는데 침략당했잖아요."

"예, 맞습니다. 총괄님. 제가 부족했군요."

"출장 온 동안 곰곰이 생각해 보세요. 어떻게 해야 더 치명적일지. 저는 오히려 기대되는데요."

"하하하하하, 이거 나름 날뛰고 있다고 생각했는데. 제 시험 무대나 마찬가지였군요. 죄송합니다. 더욱 최선을 다하겠습니다."

나름 어금니를 악문다지만, 지금과 달라지는 건 크게 없을 것이다.

한다면 조금 더 강한 압박 정도?

사람이 워낙에 인심이 좋으니까.

그러나 복수는 그런 식으로 하는 게 아니었다.

나라면 보이지 않게 말려 죽이는 걸 선택하겠다.

이들의 미래 먹거리를 원천적으로 차단해 버리는 것.

그래야 누가 죽이는지도 모르고 죽어 버릴 테니.

'나만이 할 수 있는 일이지. 지금까지는 내 눈이 거의 해외에 가 있었고 가요계의 균형적 발전을 위해서라도 양보했다지만. 빌미를 줬으니 굳이 마다할 이유가 없어졌어. 자, 누구부터 줍줍해야 가장 아플까?'

아메리칸 뮤직 어워드는 눈에 들어오지도 않았다.

호스트로 Alice Cooper가 나온 것만 빼고.

86년 조용길 7집 발매 때 준 곡 Poison이 바로 Alice Cooper의 곡이라.

시상식이 열리는 날이 되자 슈라인 오디토리엄은 인산인해였다. 일찍이 마련된 리무진을 타고 나와 김연과 조용길, 위대한 탄생이 함께 나타나자 환호가 일었다.

손을 들어 그들의 환영에 답례했고 내부로 들어갔다.

앞으로 세계 3대 시상식에 들어갈 위명답게 아메리칸 뮤직 어워드는 그래미 못지않은 화려함을 자랑했다.

하지만 올해의 앨범이나 올해의 신인상이나 올해의 아티스트 같은 건 없었다. 89년 한 해 인기를 끌었던 남녀 팝이나 록스타를 뽑았고 밴드, 듀오, 그룹을 뽑았다.

장르로는 팝, 록, 컨트리, 소울, R&B가 주류였는데 작년부터 랩, 힙합도 장르에 포함됐다. 페이트도 팝, 록, 소울, R&B 장르에서 수상하고 이런 소감을 남겼다.

"올해도 안 부르셨으면 정말 슬플 뻔했는데. 다행히 올해는 불러 주셔서 이렇게 영광스러운 자리에 오르게 됐네요. 감사합니다. 아직 학생인 관계로 졸업식도 가야 하고 배치고사도 봐야 하고 바쁘긴 하지만 즐거운 마음으로 찾아왔어요. 감사합니다. 내년에도 또 뵈었으면 좋겠어요. Thank you very much, Blessing for you."

예의상 이틀 정도 초청에 응하고 한국으로 돌아왔다.

수상 소감은 빈말이 아니었다.

나는 바빴다.

내가 배정된 학교는 현재 다니는 반포 국민학교와 붙은 반포 중학교였다. 그래서 졸업식 할 장소가 마땅찮아 옆 동네 남서울교회나 빌리던 열악함을 아주 잘 알았다.

그건 그렇고.

2000년대에도 그러는지 모르겠지만 '라떼'는 중학교 들어가기 전 반 편성 배치고사를 봤다.

시험 내용은 국민학생 때 배운 것들의 답습이라.

이때 우린 컴퓨터용 사인펜도 처음 만나고 OMR 카드도 처음 만나게 된다.

2월에 다가올수록 으레 하는 인사가 바로 배치고사 잘 보라는 얘기였다.

중요하지도 않은데.

실상은 아무 효력도 없는 시험이었다. 학력이 우수한 인원을 반에 공평하게 뿌리기 위한 작업일 뿐인데 다들 호들갑.

이런 것에 경험이 없으니 이해는 하는데 너무 그러니 또 짜증이 올라왔다. 회사에서 만나는 사람마다 배치고사를 잘 보라고 하니.

배치고사 당일 나는 한태국과 같이 나섰다. 최연주는 길 건너 세화여자중학교로 배정받았다. 반포 2동 쪽으로 한 블록 더 가면 84년에 설립된 신반포 중학교가 나오는데 거긴 남녀 공학이라 나랑 그쪽에 보내 달라고 기도했다지만 안 됐다나 뭐라나.

어쨌든 한태국도 지난 방학 동안 학습지 선생님과 열심히 하긴 했는지 진지하게 임했다.

잘 봤는지 모르겠다. 표정을 봐서는 못 본 것 같기도 하고.

어깨를 툭 쳐 줬다.

"기분 풀어. 이거 아무것도 아닌 시험이야. 성적에도 안 들어가."

"정말?"

"그럼. 그냥 줄 세우기 해서 반 평균을 비슷하게 만들려고 보는 거야. 빵점 맞아도 상관없…… 뭐 담임은 싫어하겠지만, 공식적으로는 아무런 문제도 없어."

"그런가?"

"그러니까 더는 신경 쓰지 마."

"그럼 너는? 너도 대충 봤어?"

"나?"

대답을 슬쩍 미루자 눈치가 빤한지 한태국은 고개를 저었다.

"또 만점이지?"

"그야 뭐. 맞히라고 문제 내는데 어떡해."

"씨이……."

갑자기 노려본다.

뜨끔.

너무 잘난 척했나 싶어 사과하려는데 생각보다 시선이 강했다.

"왜 그래?"

"야! 보나 마나 너는 만점이잖아. 나는 꼴찌고. 중학교 시작부터."

"그거야……."

"시끄러. 나 지금 기분 안 좋아. 방학 동안 얼마나 공부 열심히 했는데. 씨이……."

뉘앙스마저 평소랑은 조금 달랐다.

풍기는 적개심도 상당히 짙었다.

얘가 갑자기 왜 이럴까?

설마……!

"뭐야. 너 내가 경쟁 상대였어?"

"왜? 나는 너를 경쟁 상대로 삼으면 안 되냐?! 싸움도 져. 공부도 못 이겨. 그럼 난 어떻게 해야 널 이기냐?!"

"왜 날 이기려는데?"

"몰라. 이기고 싶어. 지고 싶지 않아."

설마 공부 시작한 것도 날 어떻게 해 보려고?

싸움으로는 어떻게 해도 이길 수 없긴 했다. 경험치가 다르니. 가장 자신 있는 것으로 깨졌으니 다른 방도를 찾고 싶었던가?

그래도 하필 공부 쪽이냐. 이쪽은 나 스스로도 놀랄 정도로 무쌍인데.

'쩝, 남자가 자존심이 있으니 그럴 수도 있지.'

귀여운 놈.

괜히 볼때기 잡고 놀렸다.

"푸하하하하, 너 나한테 처맞고 기절해서 그렇구나. 에이, 왜 그래? 대련하다 보면 그럴 수도 있지."

"그거 말하지 마!"

"알았어. 안 할게. 안 하면 되잖아."

"저리 가!"

날 민다. 좀 세게.

"어어, 야 인마! 한태국."

"왜?!"

"그렇게 밀면 어떡해?! 넘어질 뻔했잖아."

"저리 가라고! 자식아."

"이 자식이 왜 이래 자꾸."

"왜? 또 해보려고?! 함 다시 붙어 볼래?!"

매고 있던 가방까지 툭 던진다.

나도 어이가 없었다.

갑자기 왜 이러는지.

1학년 때 한 번 싸우고는 절대 이런 일이 없었는데.

얘가 오늘따라 왜 이럴까?

더 나섰다간 의가 상할 것 같아 말을 멈추고 녀석을 유심히
살폈다.

주먹을 쥐고 씩씩댄다.

표면은 활화산 같은 분노로 덮여 있다지만.

안에 든 건 이상하게도 시기와 질투였다.

시기와 질투라니.

태국이가 나한테.

"너 설마 내가 부러웠나?"

"……!"

"너 내가 부러웠구나."

"……그래. 씨벌."

대답하면서도 민망한지 발로 땅을 찬다.

"지랄."

"뭐?!"

발끈.

"네가 왜 나보다 잘난 게 없어? 멍청한 자식아!"

"어설프게 위로하려 하지 마. 내가 어디가 너보다 잘난 게 있어?! 나는 아무것도 아니라고!"

"웃기지 마! 넌 엄마 아빠랑 같이 살잖아. 이 나쁜 놈아!"

"뭐?!"

멈칫.

"키도 나보다 크고 힘도 나보다 세. 싸움 실력이 달리는 건 경험과 기술의 차이인 거고. 얼굴도 그만하면 남자답잖아. 내 머리가 좋은 건 어쩔 수 없는 거잖아. 그런데 넌 집에 들어 가면 엄마가 따뜻하게 맞아 주고 아빠는 너만 오면 안고 좋아 해 주잖아. 난 어떤데?! 이런데도 내가 부러워?!"

"……."

미안함을 느끼는지 기운이 폭 수그러든다.

서로 알 거 다 아는 사이라 이런 점은 편했다.

"한태국, 너 자꾸 이런 식으로 나올 거야?"

"아니, 그게…… 난."

"각자 잘하는 것만 하자. 왜 자꾸 남의 것을 넘봐. 너는 내가 네 옆에 부모님이 계시다고 널 시기하고 미워하면 좋겠냐?"

"그건……."

"너도 잘하는 거 넘치잖아. 애들이 너만 따르는 거 몰라? 나? 내가 부럽다고? 나는 어떻게든 살려고 용쓰는 거잖아. 너라면 알 거 아냐?! 내가 어떻게 사는지. 하지만 너는 나처럼 살지 않아도 행복하잖아. 그 삶이 내가 부럽다면 믿을 수 있겠냐?"

"대운아……."

"이래도 내가 부러워? 엄마 아빠 이혼하고 선생한테는 고아 새끼란 소리까지 들었어. 이혼 전에는 엄마한테 맞다가 기절도 해 봤고. 너는 이게 부러워?"

"뭐?! 맞아서 기절도 했다고?!"

"사람마다 생긴 게 다르듯 다 각자의 사정이 있다고. 나는 죽지 않으려고 요만한 7살 때부터 기를 쓰고 살았어. 너는 어떻게 살았는데? 나처럼 살아 봤어?"

"……."

고개를 푹.

"친구야. 그러지 마라. 너마저 그러면 내가 좀 슬프다. 계속 이럴 거냐?"

"미안…… 내가…… 이러려는 건 아니었는데."

"그럼 왜 그러는데?"

"그게……."

"말 안 해!"

윽박지르자 자기도 짜증 나는지 괜히 굴러다니던 빈 깡통을 찼다.

"아, 씨벌, 쪽팔려서."

"뭔데?"

"너 연주한테 말하지 마라."

"으응?"

갑자기 최연주가 왜 나와?

"연주가 너만 좋아해."

"어?"

"너만 보잖아. ……너만 위하고."

"……."

"최연주가 너만 좋아한다고. 나쁜 놈아!"

아아~ 우리 태국이가 어느새 이런 나이가 됐던가.

1학년 때 만난 꼬맹이가 벌써 이만큼 자라 누군가를 좋아하게 된 모양이다.

이 느낌을 뭐라 표현해야 하나? 기특하다고 해야 하나? 아니면 난감하다고 해야 하나?

나도 최연주가 나를 끔찍이 여긴다는 것 정도는 알고 있었다.

그러나 그저 고맙고 어릴 적 치기쯤이라고 생각했다. 이쁜 꼬맹이가 좋아해 주니 감사해서.

그런데,

"연주는 너만 봐. 항상 너만 본다고. 나는 그럴 때마다 여기가 아파."

자기 가슴을 친다.

전부 이해됐다. 한태국이 그동안 보여 준 행동들이.

남자로서 멋진 모습을 보여 주고 싶었을 것이다. 억지로 대련하자는 것도 공부를 시작한 것도 다 연적인 나를 누르고 최연주의 시선을 돌려 볼 요량이었다.

다 실패했다.

기가 막힌 건.

이 나이를 먹고도 달리 해 줄 말이 없다는 것이다.

저 열정을, 저 순수를, 내가 무슨 자격으로 논할까.

결국 아무 말도 못 했다.

쓸쓸히 돌아가는 저 등을 보면서도. 젠장.

의도하지 않았지만.

결론적으로 말해 종기를 터트린 건 아주 잘한 일이었다.

모른 체 놔뒀다면 곪디곪아 우리 둘 사이에 치명적으로 작용했을 텐데.

이 일이 있고도 나는 체육관을 빠지지 않았고 그래서 또 자주 봤기에 앙금은 비교적 쉽게 풀어졌다.

어색함도 잠시,

몇 번 음료수 같이 먹고 옆구리 툭 치고 하니 한태국도 웃음을 되찾았다.

나도 되도록 최연주 말을 꺼내지 않았다. 어려서부터 최연주가 나에게 유난했다는 건 한태국뿐만 아니라 학교에도 유명했고 이 일로 최연주와 서먹해지는 건 더 이상한 짓이라는 것을 한태국은 잘 이해했다.

건물 계단에 나란히 앉아 얘기했다.

"근데 고백은 해 봤냐?"

"못 했어."

"왜?"

"씨알이 먹히겠냐?"

날 흘긴다.

고개를 끄덕여 줬다.

"나도 그럴 거라 생각해."

"뭐?!"

"너도 알잖아. 연주가 1학년 때부터 어땠는지."

붙박이 짝꿍이었다.

대부분의 학생이 선생님이 지정해 주는 대로 혹은 우연이
허락하는 내에서 짝이 되던 이 시절에도 최연주의 극성은 늘
내 옆자리를 차지했다.

"……쳇."

"그리고 나도 연주 좋아해."

"그럴 거라 생각했다. 예쁘고 너만 좋아하는데. 싫어하는
게 더 웃기지. 짜증 나게."

"너도 좋아해."

"뭐?!"

"너도 연주도 좋아한다고. 내 친구잖아."

"……."

입술을 깨문다.

답답한 마음에 어깨를 찰싹 때렸다.

"날 좀 내버려 두면 안 되냐?!"

"아얏, 이 자식이 왜 때려! 답답한 건 나라고!"

"그럼 고백이나 해 새꺄. 혼자서 끙끙 앓지 말고. 괜한 나
만 나쁜 놈 만들고."

"그건……."

"말을 해야 상대도 가타부타 생각을 하지. 물론 이건 연주
입장에서는 일언반구의 가치도 없거나 무척 곤란한 일일 수
도 있어."

"……."

"근데 이제 중학교 가잖아. 최소 3년은 어떻게 될지 모른
다고."

"……."

고개를 다시 숙이길래 어깨를 툭 쳐 줬다.

판단은 자기 몫이다.

한 발 더 나아갈는지 이대로 주저앉을는지.

누군가는 이렇게 말할 수도 있겠다.

사랑을 쟁취하는 거라고.

'아니야. 아니야.'

미리 말하건대,

나는 가치관이 전혀 다른 사람이다.

사랑에 관해서는 절대로 경쟁하지 않는다. 개똥 부모 밑에서 개똥 같은 시절을 겪어서 그런지 그래서 늘 온전한 걸 원했다. 누군가가 나를 두고 다른 사람과 비교한다는 것 자체가 있을 수 없는 일이라 생각했다.

그건 이미 사랑이 아니라고 봤다.

'잘 있으려나? 잘 있겠지.'

이런 나라도 온전히 받아 주고 온전히 만들어 준 사람이 있었다.

나를 보면 늘 웃어 주는 사람.

변진석이나 여행스켄치, 토인류의 노래를 좋아했던 사람.

나는 그 사람과 가정을 꾸렸다. 이전에 어떤 사람을 만나 봤던들 그 사람이 나에겐 첫사랑이자 마지막 사랑이 됐다.

그런데 나만 회귀했다.

판타지 소설 작가의 특성상 회귀 같은 일이 벌어졌을 때 어떻게 될까에 대해 자주 상상해 봤다.

어느 날 갑자기 과거로 돌아간다. 기억이 온전한 채.

그래서 과연 그 사람을 다시 만날까?

한번 살아 봤으니 다른 사람과 살아 보는 게 옳을까?

"······."

아니, 도리어 내가 묻고 싶다.

너 정말 견딜 수 있어? 그 사람이, 다른 사람에게 환하게 웃는 걸 담담히 바라볼 수 있어?

결국 이 부분에도 나는 대답을 못 했다.

입맛이 썼다.

◇ ◆ ◇

"날 찾으셨다는데. 어디 용건이나 들어 봅시다."

덕인산업 사장을 앞에 둔 김연이 다리를 꼬았다.

"이보. 김 실장."

"말씀하세요."

"우리한테 대체 왜 이러는 거요?"

"말씀하세요. 에두르지 마시고."

"그만 좀 합시다. 이만하면 많이 묵었소."

"이상하네요. 제가 뭘 했길래 제게 이러시는 거죠?"

"내가 모른다고 보오? 이 바닥이 얼마나 좁은지 모르오?"

"그래서요?"

김연이 다시 반대쪽으로 다리를 꼬았다.

"그만합시다. 원하는 걸 말하시오."

"쿠쿠쿠쿠쿡."

"웃어?"

"사장님은 내가 우스운가 봅니다."

"김 실장, 내가 지금 가만히 있는다고 멋대로 까불면 재미 없어질 거요."

"난 이미 재미가 없어졌는데. 어쩌실 건데요? 어떤 식으로
재미있게 해 주실 건가요?"

"……."

번들거리는 눈빛으로 바라보는 덕인산업 사장이었으나 김
연은 도리어 비웃었다.

천천히 일어났다.

"할 말이 없으신가 보네요. 앞으로 서로 볼 일도 없을 것 같
은데 더 찾아오지도 부르지도 마세요. 나 그렇게 한가한 사람
아닙니다."

"앉아!"

"아이고, 명령을 다 하시네요."

"앉으라고!!"

"시끄럽네요. 안 앉으면 어쩌시려고요? 실력 행사 들어가
시려고요? 어이구, 무서워라. 무서워서 나도 같이 실력 행사
에 들어가야겠네요. 해보실래요?"

"……."

물러서지 않았다.

김연은 미련 없이 몸을 돌렸고 이를 악물었다. 시작한 이
상 끝은 봐야 했다. 어설프게 물러선다면 오필승으로서 자격
이 없다. 총괄도 분명 그리 말했다.

전력을 다해 상대를 죽이라고.

그때 뒤에서 누가 팔을 붙들었다.

돌아보니 덕인산업 사장이었다.

"알았소. 알았소. 내가 졌소, 김 실장. 원 사람이 이렇게도 독하나."

"……."

"잠깐만 기다리시오. 내 다 준비해 놓았으니. 어허이, 어서 앉으시오. 내 전화만 한 통 하고 오리다. 1분만 기다리면 되오."

"……."

어딘가로 전화했고 누가 받자 '가져와' 한마디만 하고 다시 자리로 오는 덕인산업 사장이었다.

얼마나 됐을까?

두 사람이 문을 열고 들어왔다.

하나는 덩치 큰 사람이고 하나는 그놈이었다. 오필승을 엿 먹이려던 놈.

그게 의도였는지 아닌지는 이젠 상관없었다. 엿 먹을 뻔했다는 게 중요했다.

덕인산업 사장은 잔뜩 웅크려 들어오는 그를 보곤 다짜고짜 뺨부터 날렸다.

짝!

고개가 획.

"이 쉐끼가 죽으려고. 어디 감히 오필승을 건드려! 너 때문에 손해가 얼마나 막심한지 알아?! 나이트 구석에서 DJ나 하던 새끼를 보듬어 준 은혜도 모르고 뭐?! 표절?!"

뺨이 또 돌아갔다.

한번 때리기 시작하자 자기 손이 아플 때까지 때리는 덕인 산업 사장이었다.

그 손을 탈탈 털며 앞에 앉았다.

"후우…… 후우…… 내 저 쉐끼를 이 바닥에서 은퇴시키 겠소. 다시는 기웃대지 못하게. 그러니까 아까는 미안했으니 김 실장, 우리 그만합시다. 오필승이 작정하면 우린 망하오."

"……."

"내 이렇게 사정하오. 사실 우리도 피해자가 아니오. 저 쉐 끼가 그딴 짓을 할지 누가 어떻게 알았겠소?"

사장의 입장도 이해됐다. 괴롭다고 바로 식구를 버리면 누 가 자신을 따를 텐가.

그제야 슬슬 얼음장이 누그러지기 시작했다.

"……확실히 해 주시는 건가요?"

"어, 그래그래. 내가 그런 건 확실해."

"그렇다면 저도 더는 이 건을 길게 가져가지 않을 겁니다."

"알겠네. 알겠네. 자네 말이 옳아."

"사장님도 아시잖습니까. 우리 총괄님이 어떤 분이신지."

"그렇지. 그렇지. 대한민국의 보물이시지."

"그런 분의 명예를 먹칠하려던 놈입니다. 다시 저놈이 이 바닥에 보인다면 전 사장님의 의도를 의심할 수밖에 없어요."

"그건 걱정 말게. 또 보이면 병신을 만들어 버릴 테니까. 근데 하나 물어볼게. 오필승이랑 명동의 대부랑은 어떤 사이신가?"

함홍목이다.

"그건 왜 궁금하시죠?"

"아니, 저번 이훤건설 건도 있고 그분이 자꾸 오필승을 도와주시길래…… 뭐, 그냥 궁금한 거야. 궁금한 거."

"같이 밥도 먹고 같이 차도 마시고 하는 사입니다. 됐나요?"

"알았네. 알았네. 그 정도면 되네. 이제 나한테 맡기세나."

"부탁드립니다."

"걱정 말고 먼저 가게. 내가 지금부터 할 일이 좀 있어서 멀리 안 나가네."

김연은 더 돌아보지 않고 나갔다.

4층 허름한 건물이었다. 내려가자마자 차에 올라타는데 덩치 세 명이 어떤 서류 봉투를 들고 건물로 들어가는 게 보였다.

"갑시다. 회사로."

"편히 모시겠습니다."

졸업식이었다.

내 긴 국딩 시절의 마침표를 찍는 날.

이른 아침부터 우리 집 앞은 사람들로 인산인해였다.

이날만큼은 금지하지 않았기에 오필승의 모든 식구가 모였다.

할머니 두 분은 손주의 졸업식 참석을 위해 곱게 한복을 차리셨고 나도 새 옷을 입고 나섰다.

바글바글.

수십 명이 선물과 꽃다발을 들고 집 앞에서 기다렸다. 조용길을 필두로 이학주, 도종민, 정홍식, 김연, 지군레코드 사장 등등등 현재 오필승의 근간이 되는 사람들부터 박남전, 김완서, 변진석 같은 최고의 주가를 올리는 사람들까지 다 같이 우르르 학교로 몰려갔다.

이뿐 아니었다.

신 비서가 축하 화환을 보냈고 명동의 대부 함홍목도, 중간일보 정치부 에이스 나우현도, 서초경찰서의 자랑 강희철도 형사 몇 명과 함께 언저리에 따라붙었다. 방송국 국장급도 따라나왔고 연관된 음반 회사에서도 나왔다. 소니 뮤직도 물론.

이게 전부가 아니었다.

일본에서도, 미국에서도 팬들이 몰려왔다.

처음 오십 명 정도였던 무리가 학교에 다다를수록 수백의 무리로 변했고 그 중심엔 내가 있었다.

난리가 났다.

가뜩이나 학부모까지 와서 어수선한 마당에 한국 최고의 가수들이 포진된 거로 모자라 외국인들까지 와서 '꺄악!' 소리친다.

졸업생 대표로 연단에 설 때는 진행이 안 될 정도였고 그만큼 소요가 컸으나 누구도 이를 뭐라 하는 사람이 없었다.

도리어 사진 찍기를 원했고 우리 아티스트들도 성실히 임해 줬다. 알음알음 내 존재에 대해 짐작하던 친구들도 선생님도 이 정도일 줄은 몰랐던지 입을 떡 벌렸다.

이 장면이 편집돼 뉴스로 나갔다.

반포 국민학교 설립 사상 최고의 졸업식, 전설로도 회자될 졸업식이었다.

"홀가분하신가요?"

"시원섭섭해요."

"그럴 겁니다."

늘 그렇듯 미국행 비행기 옆자리는 정홍식의 차지였다.

전국 최고의 졸업식을 마치고 며칠이 지나지 않아 미국행 비행기에 올랐다. 이번 목적지도 LA의 슈라인 오디토리엄이라 어느새 이 장소와 정들 것 같기도……

어쨌든 긴 여행이 지루하지 않게 정홍식의 브리핑이 시작됐다.

"지난해 일본 주식을 정리하며 난 수익은 그대로 일본에 묶어 뒀습니다. 총괄님 말씀대로 12월 38,900P로 정점을 찍었던 닛케이가 심상치 않더니 연일 폭락 중입니다. 현재 32,000P까지 떨어졌죠. 반등할 거라는 기대감이 어느 정도

추락을 막고 있기는 한데 공황 상태인 건 분명합니다."

"우리 분석은 어때요?"

"메간이 보내온 보고서에 의하면 더 떨어지다 5월쯤 반등할 거라는 내용이 적혀 있습니다."

"제법이네요."

"그렇습니까?"

"이후로는 어떻게 예상하고 있죠?"

"총괄님의 예상과는 조금 다릅니다. 5월부터 쭉 보합이 이어질 거라 보고 있습니다."

"흐음."

아마도 대부분의 애널리스트가 그리 보고 있을 것이다.

"어떠십니까?"

"옵션은 얼마나 구입했나요?"

"급하게 끌어모으느라 대중없습니다. 만기 3월 말짜리부터 9월까지 다양하게 분포합니다."

"일단 지시부터 내릴게요."

"경청하겠습니다."

"만기 6월 말까지인 것들은 4월 1일에 다 터시고요. 나머지는 계획대로 가세요. 일본 시장은 9월에 다시 살피기로 하죠."

"여전히 폭락하신다고 생각하십니까?"

"두고 보면 알겠죠."

"저도…… 더는 잘 모르겠습니다."

"다들 모를 거예요. 그래서 기회인 거고요."

"알겠습니다. 그리 조치하겠습니다."

내가 말한 걸 정리해서 수첩에 적는 정홍식이었다.

그러다 수첩에서 뭔가 발견했는지 다시 말을 붙인다.

"아! 3M에서 접촉이 왔습니다. 요리용 입 가리개 에티켓에 대한 내용입니다."

좋은 소식.

"뭐래요?"

"상담하고 싶다는데요. 일단은 그쪽에서 조심스러워합니다."

"별일이네요. 큰 건도 아니고 고작 입 가리개인데. 아닌가? 아직 담당자 수준에서 컨택 온 건가요?"

"저도 그리 보고 있습니다."

"그냥 밀어붙이세요. 킴벌리클라크의 전례가 있으니 더 높이 올라가더라도 협상은 크게 어렵지 않을 거예요."

"예, 그렇게 할 예정이나 변수는 늘 존재하기에 준비하고 있습니다."

"세이프 세트는 기미가 없나요?"

세이프 세트도 완성했다.

84년인가 다른 사람이 특허 낸 뚜껑도 2백만 달러 주고 샀다.

그렇게나 노력하여 시카고 등지로 샘플을 보냈는데 반응이 없다.

아직 최상위까지 닿지 못했나? 3M은 슬슬 코를 벌름대고 있는데.

내가 이런 생각으로 퍼스트 클래스에 앉아 스타번스를 욕하고 있을 때 시카고 스타번스는 발칵 뒤집혀 난리가 났다.

스타번스.

1971년 워싱턴주 시애틀에서 개점한 이래 시애틀 타임스에도 기재되며 나름대로의 성공 가도를 달렸다지만, 이 시점 그들은 아직 미래의 영광과는 거리가 먼, 지역 커피 회사에 불과했다.

이런 스타번스에 새로운 바람이 불어오기 시작한 건 1982년 하워드 슐츠이라는 걸출한 자가 마케팅 담당자로 앉고 나서부터였다.

당시 스타번스는 로스팅 공장 1곳과 원두 판매점 5개를 보유하고 지역 레스토랑과 에스프레소 바(Espresso Bar)에 원두를 공급하는 업체로 방향을 튼 상태였다. 설립자 중 한 사람이었던 지브 시글은 본인의 별도 사업을 운영하기 위해 회사를 떠나기도 했고.

이탈리아 밀라노의 자유로운 문화를 접해 본 하워드 슐츠은 스타번스에 새로운 마케팅을 입히길 원했고 몇몇 건은 성공하기도 했으나 창립자인 제럴드 제리 볼드윈과 고든 보커가 끝내 고집을 꺾지 않아 무산됐고 실망한 하워드 슐츠은 스타번스를 그만두고 시카고로 이동, 새로운 커피 브랜드를 설립하게 된다.

재밌는 건 하워드 슐츠이 끌어모은 투자금 40만 달러의 상당수인 30만 달러가 제럴드 제리 볼드윈과 고든 보커의 주머니에서 나왔다는 것.

　어쨌든 개장 6개월 만에 하루 1천 명 이상의 고객을 끌어들이며 대성공을 거둔다.

　그리고 3년 후 하워드 슐츠은 고든 보커와 제럴드 제리 볼드윈이 피츠 커피 앤 티 경영에 집중하고자 스타번스 커피, 티 앤 스파이스를 판매하려고 한다는 이야기를 듣게 되고 즉시 투자자를 모집 시장에 나온 스타번스를 인수해 버리며 기존에 있던 시카고의 커피 회사마저 스타번스에 합병, 미래의 스타번스 기틀을 만들기에 이른다.

　"얼마라고요?"

　"그게……."

　망설이는 수석 매니저에 하워드 슐츠은 다그쳤다.

　"어서 말씀하세요. 지금 머뭇댈 때입니까?!"

　"20만 달러입니다."

　"뭐요?!"

　소송이 걸렸다 했다.

　시애틀에서 잘 있던 하워드 슐츠가 급하게 시카고로 날아오게 된 건 시카고의 어떤 고객이 스타번스를 상대로 손해 배상 청구 소송을 걸었기 때문이었다.

　뜨거운 커피를 엎질렀고 그 때문에 화상과 고통에 의한 심각한 심리적 트라우마를 겪고 있다고.

처음 고객이 커피를 엎질렀고 병원에 갔다는 보고를 받았을 땐 무슨 이딴 일로 보고가 오나 싶었다.

커피 전문점에서 파는 커피가 뜨거운 줄 모르는 사람이 있던가?

혼자만 유난 떠는 거라고 치부했고 항의한다 한들 대충 뭉개면 된다고 봤는데…… 또 이런 일이 아예 없었던 것도 아니었다. 일 년에 한둘은 꼭 커피를 엎지르곤 하니까 도의 차원에서 커피만 새로 내주거나 심하다 싶으면 치료비라도 챙겨주면 끝나겠거니 생각했는데.

소송이었다.

이 무슨 개 같은 일인지.

"우리 측 변호사는 뭐라 합니까?"

"커피가 뜨거운 걸 모르는 사람이 없고 직원이 일부러 부은 것도 아니고 각자 조심하는 건 당연한 일이라고 하였습니다. 설사 엎질렀다고 한들 1970년대부터 영업해 오며 소송까지 온 건 처음이라고 항변했죠. 치료비를 원한다면 내줄 수 있지만 이만한 금액을 배상할 의무는 없음을 알렸습니다. 괜찮을 거란 답변을 받았고 저희도 안심했죠."

거기에서 끝났다면 시카고까지 날아올 일이 없었을 것이다.

"상대는요?"

"그게……."

"뭔데요? 빨리 얘기 안 합니까?!"

"상대 변호사가 그 관습적인 행태를 꼬집었습니다. 관습적 행태라 함은 이런 사고가 어쨌든 지속적으로 일어났다는 것이기에 우리 측에서 사고의 가능성을 인지하고 있었음에도 어떤 조치도 취하지 않았다는 걸 지적했죠. 우리가 수익 창출에만 혈안이 된 이기적인 기업이라서 그렇다고 매도했죠. 그 순간 분위기가 반전됐습니다. 충분한 귀책사유가 있다는 쪽으로요. 만일 화상을 입은 사람이 어린아이였으면 어쩔 뻔했냐고 하자 배심원 중 한 명은 비명까지 질렀습니다."

한숨이 푹푹.

커피 전문점에 올 어린아이는 없었으나 어쨌든 어린아이까지 나왔으니 악덕 기업으로 매도되는 건 시간문제였다.

"배심원들 분위기는요?"

"처음에는 뭐 이런 거로 소송을 다 거냐는 표정들이었으나 어린아이가 예로 나온 이후 점점 불리해지고 있습니다. 급격히 기울었죠. 많은 사람이 오간다는 것은 또 어떤 일이 벌어질지 모른다는 뜻과 같은데 커피 전문점이 이 같은 사고를 미연에 방지할 수 있었음에도 이익에 눈이 어두워 방조했다는 식으로요."

엉망이었다.

하워드 슐츠은 등허리로 식은땀이 흐르는 걸 느꼈다.

영혼까지 끌어모아 스타벅스를 인수하고 3년.

이제야 겨우 흑자로 돌아서는 중인데.

20만 달러짜리 소송이라니.

그깟 돈이 문제가 아니었다.

돈은 주면 그만이나 진짜 문제는 단지 여기에서 끝날 일이 아니라는 것이다.

앞으로 어떻게 해야 하나?

또 보란 듯이 소송이 터지면? 일부러 엎질러 놓고 소송을 걸면?

안전 장치에 대한 대처가 너무나 뼈아팠다.

'어떻게 하지? 패소하는 순간 언제 터질지 모를 시한폭탄을 안고 가는 건데. 차라리 폐업하는 게 나을까?'

미국은 소송의 나라였다.

조금만 맞지 않아도, 조금만 손해 봐도 소송이 걸린다. 법원은 기업에 징벌적 손해 배상을 때리고.

참고로 1999년엔 이런 일이 벌어졌다.

담배회사가 중독성 강화를 위해 각종 첨가물을 넣었음에도 소비자에게 충분히 경고하지 않았다며 미국 46개 주 정부가 집단 소송을 제기했고, 2,060억 달러(당시 한화 약 228조 원)의 천문학적인 합의금을 받아 낸 것.

정부도 이럴진대.

이 일이 알려지는 순간 커피를 주문하는 모든 고객이 소송인이 될 수 있었다.

아찔했다.

어떻게 해야 하나?

어떻게 해야 이 난관을 헤쳐 나갈 수 있나?

그러나 질문을 던지면서도 하워드 슐츤은 알았다.

지금으로선 방법이 없음을.

확실한 대책을 마련하기 전까진 스타번스는 이 그물에서 빠져나갈 수 없음을.

자포자기하듯 물었다.

"그래서 우리 측의 대응은요?"

"방법이 없습니다."

이게 말인지 방구인지.

"설마 아무것도 안 하고 있다고요?"

"그게 변호사부터 악덕 기업이라는 수식어를 받느니 배상해 주고 물러서는 게 좋다고 조언합니다. 이대로 더 소송전을 치르다가는 소비자의 지탄을 받을 거라고요."

뭔 개소린지.

"그 자식부터 해고하세요."

"예?!"

"그 변호사 놈 해고하라고요!"

"아, 알겠습니다."

"그래서 우리 대책이 없습니까? 변호사 놈은 남 일이니까 저런 말을 한다지만 우린 아니잖아요. 이대로면 우린 망합니다. 어떤 아이디어라도 괜찮으니 말하세요."

"⋯⋯."

"⋯⋯."

"⋯⋯."

"⋯⋯."

"⋯⋯."

"⋯⋯."

꿀 먹은 벙어리처럼 조용하였다. 급여 인상이나 복지에 관해 얘기할 때는 득달같이 달려들던 놈들이.

하늘이 노래진 하워드 슐츤은 이를 악물었다.

"계속 이따위로 입만 다물고 있겠다면 당신들도 해고할 겁니다."

"예?! 그게 무슨 말씀이십니까?!"

"해고라뇨! 부당합니다!"

"맞습니다. 이 일은 우리 잘못이 아닙니다! 어떻게 우리한테 그런 말씀을 하실 수 있습니까?!"

회사가 망하냐는 판국인데.

이 개 같은 놈들은 자기 살길이 더 중요한 모양이다.

"허어⋯⋯ 내가 당신들을 돈 관리나 하라고 그 자리에 앉혀 둔 줄 아세요? 소송에 들어간 순간부터라도 당신들은 방법을 연구해야 했습니다. 아닙니까?"

"회사에서도 풀지 못한 일이 아닙니까? 이걸 직원에게 전가하다뇨? 해고하시면 노동부에 제소하겠습니다."

노동부에 제소라.

하워드 슐츤은 배신감에 몸을 떨었다.

"하세요. 제소하세요. 마음대로 하세요. 어차피 이대로 가면 망할 거 나도 업무 태만으로 회사에 큰 위기를 닥치게 한 당신들 전부를 고소할 테니까."

"그건……."

"말도 안 돼."

"어떻게 우리한테."

그러든 말든 하워드 슐츤은 계속 들어갔다.

"하지만 괜찮은 아이디어를 제시한 사람은 내가 책임지고 시카고의 책임자로 격상시킬 겁니다. 할 사람은 하고 나갈 사람은 나가세요."

"흥, 겨우 그런 거로 우릴 잡아 둘 수 있을 것 같습니까? 난 고소하겠다는 회사를 위해 일할 생각은 없습니다."

한 사람이 일어나자 '나도 그렇소' 하며 세 사람이 동시에 일어났다.

하워드 슐츤의 눈이 터질 듯 커졌다.

네 명이나 나간단다.

설사 욱했더라도 네 명이 동시에 일어나는 건 말도 안 되는 일이었다.

말을 맞춘 것이 분명했다.

하워드 슐츠도 이를 갈았다. 그 면면들을 일일이 쳐다보며 말해 줬다.

"오호라, 이미 준비한 모양이네요. 그래요. 나가세요. 나가서 이 일에 대한 고통을 분담할 채비나 갖추세요."

"흥, 내가 이럴 줄 알았어. 거봐. 내가 이럴 거라 했잖아."

"정말이었어. 우리한테 책임 전가라니."

"우린 열심히 일한 죄밖에 없잖아."

"자료 다 준비해 놨지?"

"응, 해 놨어."

"가자. 이딴 회사에 더는 있기 싫어."

네 명이 우르르 나갔다.

회의는 자신 외 여섯 명이 시작했는데 겨우 두 명만 남았다. 최근에 생긴 두 개 매장의 매니저였다.

기가 찬 하워드 슐츠는 그 두 명에게도 말했다.

"당신들은 어째서 나가지 않습니까? 우리 회사는 언제 망할지 몰라요. 저들처럼 살길 찾는 게 빠를지도 모를 텐데."

"저는 이렇게 끝나고 싶지 않습니다."

"저도요."

"분명 살아날 방도가 있을 겁니다. 시카고에 매장이라 봤자 여섯 개밖에 없는데. 매일 가서 관리하면 됩니다. 직원들 하나하나 철저히 교육해서요."

"맞아요. 래리랑 오전, 오후를 나눠 돌면 돼요. 경고 문구를 써 붙이고 커피를 줄 때 조심하라고 계속 주지시키면 됩니다."

"……."

앞서 나간 네 명이 도리어 이상할 정도였다. 홧김에 심한 말을 던지긴 했다지만 그렇다고 훅 나가다니. 자료까지 챙겼다 하고.

하워드 슐츤이 이해가 안 간다는 듯 고개를 갸웃대자 가장 말석에 있던 막내 매니저 안 데이나가 손들었다.

"뭔가요?"

"아까 우연히 들었는데. 나간 사람들은 이직 준비 중이었던 것 같습니다."

"이직이요?!"

"예."

"어디로요?"

"자세히는 못 들었는데. 루리스 커피가 입에서 오르내리더라고요."

"하아……."

경쟁사였다.

한숨을 내쉬는 사이 얀은 일어나서 허리를 굽혔다.

"죄송합니다. 제가 관리를 잘못해 일어난 일입니다. 어떤 벌이라도 달게 받겠으니 처벌을 내려 주십시오. 정말 죄송합니다. 죄송합니다."

소송 건은 얀의 매장에서 일어났다.

어려서 자격이 없다고 주변이 다 반대했음에도, 특히 수석 매니저의 반대가 심했는데 우겨서 매니저로 승격시켰다. 처음 시카고에 커피 전문점을 차릴 때부터 함께해 온 친구라.

기운 빠져 가만히 쳐다보는데.

"이것 좀 봐 주십시오."

가방에서 주섬주섬 뭔가를 꺼낸다. 사직서인가 했지만, 매장에서 사용하는 컵이랑 희한한 물품이었다. 애들 장난감 같은.

"혹시나 해서 가져왔습니다. 매장에 비치해 두긴 했는데 혹시 이런 것이라도 도움이 될까 해서요."

"······."

뭐냐고 묻는 것도 귀찮았다.

"써 보니까 괜찮아 몇몇 테이크 아웃 고객에게 권해 주긴 했는데요."

컵에 이상한 걸 끼우고 또 덮는다.

"······!"

"보십시오. 이러면 만질 때도 덜 뜨겁고 뚜껑을 덮으면 들고 다니더라도 넘치지 않아서······."

"잠깐!"

얼른 달려가 얀이 든 것을 빼앗았다.

컵을 덮은 건 두꺼운 종이 재질이다. 속이 숭숭 뚫린, 골판지와 비슷한 것.

뚜껑은 플라스틱 재질이고.

컵과 아귀가 딱 맞는다.

"뜨, 뜨거운 물을 가져와."

"예?"

"어서, 어서 뜨거운 물을 가져오라고!"

"아, 예."

후다닥 나간 얀은 주전자에 팔팔 끓는 물을 담아 왔다.

컵에 부었다.

떨리는 손으로 만져 봤으나 안 뜨겁다. 이 정도면 충분히 만질 수 있다. 뚜껑을 덮었다. 이리저리 흔들어 봐도 조그만 구멍에서나 찔끔 나올 뿐 전혀 문제없다.

"허어……."

하워드 슐츠는 털썩 주저앉았다.

살았다.

이제 살았다.

이번 배상만 잘해 주고 이 물건들을 스타번스에 깐다면 더는 소송 거리가 없을 것이다.

생산한 업체를 불러다 공급 계약만 맺으면 끝.

그런데 또 얀이 면전에서 이상한 소릴 지껄인다.

"작년인가? 제가 막 매니저로 승격했을 때 어떤 사람이 들고 왔더라고요. 동양인이었는데. 시범도 보여 주고 쓸 만하면 연락하라고요. 제가 써 보니 괜찮은 것 같아서 다른 매장에 돌리려고 했는데. 수석 매니저가 반대하더라고요. 부산스럽다고."

"뭐?!"

"할 수 없이 제 매장에만 진열했죠. 가져갈 사람만 가져가라고요."

벌떡 일어나 얀의 손을 잡았다.

"얀!"

"예? 예, 사장님."

하워드 슐츠는 5년 전 제발 아르바이트 좀 시켜 달라고 찾아온 어린아이를 채용한 자신이 너무도 기특했다.

그 결단이 오늘 자신을 살렸다.

"이걸 매장에 깔아 놨다고?"

"언제?"

"제가 매니저가 될 때니까요 1년 전쯤이에요. 커피 나오는 곳에 비치했죠. 컵이 뜨거우니 가져갈 사람은 가져가라고 써 놨죠."

"허어…… 이걸 왜 얘기하지 않았어?"

"그야…… 제가 혹시 또 뭘 잘못했나요?"

두려워하는 표정이 나왔다.

"아니야. 아니야. 그냥 묻는 거야. 묻는 말에만 답해 줘. 왜 얘기 안 했어?"

"어떻게 됐든 사람이 다쳤잖아요. 이미 다쳐 버린 일이라서 어쩔 수 없다 생각했어요. 전 일이 이렇게 커질 줄은 몰랐어요."

"하아……."

경험의 문제였다.

너무 착하고 성실해서 문제였다.

수석 매니저란 빠꼼이가 이걸 알았더라면 소송은 절대 불리하게 가지 않았을 것이다.

천운이었다.

"매장에 가 보자. 다시 물을게. 이걸 구체적으로 언제부터 매장에 깔아 놓은 거지? 시기가 중요해서 그래."

"정확히 1년은 됐어요. 받자마자 사용했으니까요."

"단골들은 다 알겠네."

"그쵸. 제가 다 권해 드렸는데요. 다들 좋다고 사용해요."

너무 예뻐 꼭 안아 주었다.

"그래, 아주 잘했다. 그럼 이걸 준 사람들 연락처는 가지고 있지?"

"다 떨어지면 연락하라고 준 명함이 있어요. 지금은 없고 매장에 있는데."

"정말?"

"예."

"근데 명함이 좀 이상하더라고요."

"뭐가?"

"DG 인베스트라고 쓰여 있더라고요. 투자 회사 같던데."

Chapter 74

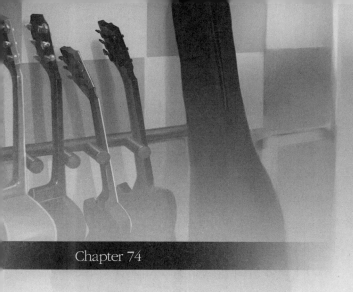

올해 Best New Artist는 밀리 바닐리라고 댄스 듀오가 선정됐다.

어이가 없었다.

온 세상이 그들을 열광하고 축하하지만.

나만은 밀리 바닐리의 본색을 알았다. 세계 가요계 사상 최악의 사기극으로 뽑히는 거대한 오점.

애들은 립싱크 가수였다. 립싱크도 보통 립싱크가 아니라 노래까지 다른 사람이 불렀다.

그렇게 만든 앨범 All or Nothing이 북미에서만 600만 장의 판매고를 올리며 센세이셔널을 일으켰고 그래미의 영광까지 받게 되었으니 이 얼마나 놀라운 일일까.

세계가 기만당하고 있었다.

더 웃긴 건 아 미친 사기극이 밝혀진 이유였다.

과분한 사랑에 흠뻑 취한 놈들 중 하나가 주제도 모르고 자기 목소리로 음반을 내 버린 것.

All or Nothing의 앨범에 담긴 목소리와 너무도 다른 실력과 색깔에 의심을 품은 팬이 이의를 제기했고 그 사실이 일파만파로 퍼져 나가며 발단이 되었다.

팬들은 급기야 최대 히트곡인 Girl You Know It's True를 라이브로 부를 것을 종용했고 정체는 금세 발각되었다. Best New Artist란 영예도 올 11월에 박탈당한다.

등신에도 등급이 있다면,

이들이야말로 최상위가 아닐까 싶었다.

이에 반해 Record of the Year와 Song of the Year를 수상한 벳 미들러의 Wind Beneath My Wings는 진짜였다.

1988년에 개봉한 영화 Beaches의 OST로 이 곡을 부른 벳 미들러는 우리 한국에서 가수보단 영화배우로 훨씬 더 친숙했다. 특유의 매력적인 미소를 뿜뿜하며 나타나 영화 '로즈', '호커스 포커스', '조강지처 클럽' 등에 출연, 세계적인 인기를 끄는 배우로.

전년도 수상자인 김도향이 Don't Worry Be Happy를 손가락 반주로 딱딱 너무도 천연덕스럽게 공연하였고 요즘 한창 대박을 치는 애니메이션인 인어공주의 Under the Sea도 같은 무대에서 불렀다. 조용길도 shape of my heart도 세계의 시선을 사로잡았다.

모두에게 축제였다.

그러나 페이트 이름이 불린 건 장르 필드에서의 여섯 번이 전부.

신인상은 당연히 내 몫이 아니었고 연속으로 벳 미들러의 Wind Beneath My Wings가 수상하자 올해만큼은 페이트가 제너럴 필드에서 제외되는 게 아닌가 조심스러운 추측이 나왔다. 나 역시도 올해는 글렀구나 마음을 추스르고 있을 때.

"자, 시상하겠습니다. 89년을 빛낸 Album of the Year의 주인공은요. 페이트 resolute입니다."

와아아아아아~~~.

페이트가 불렸다. 그것도 3집 resolute로.

Album of the Year 3연속 수상이라는 대위업이 화면에 걸리며 모든 스포트라이트가 나에게 향했다.

담담하게 혹은 더욱더 엄숙하고 진지한 표정으로 무대에 오른 나는 이런 소감을 밝혔다.

"요 근래 저를 괴롭히는 화두가 있습니다."

모두가 기대하는 감사 수상 소감과는 달랐지만.

나는 페이트였고 페이트를 두 번이나 겪은 미국은 오히려 뒤에 어떤 말이 나올지 기대하는 눈빛이 되었다.

"바로 교만이었죠. Arrogance. 한자로는 교만할 驕에 거만할 慢 자를 씁니다. 한글로는 잘난 체하고 뽐내며 오만방자한 것을 뜻하죠. 맞아요. 제가 혹 그런 길을 걸어가고 있는지, 그 길로 접어든 게 아닌지 요즘 자기 의심에 들었습니다. 여러분도 아시겠지만, 교만의 결과는 패망이죠. 그 이유는 아마도 스스로 멈추지 못해서일 겁니다. 망가지고 나서야 처절히 깨닫는 진리라서이기도 하고요. 저는 두 번이나 그래미의 인정과 세계의 환대를 받았습니다. 가히 엄청난 업적이죠. 그래서 더 이로 인해 달라진 게 있는지 철저히 돌아보았습니다. 그리고 또 이 자리에 섰습니다."

"……."

"……."

"……."

"……."

"……."

"……."

조용했다.

모노드라마 주인공 독백 신을 보듯.

그 순간 내 두 손이 공간에 펼쳐졌다.

"이 달콤함이 너무도 좋습니다…… 이 달콤함을 잃기 싫음을 여러분 앞에 고백합니다……. 그리고 이 달콤함을 계속 맛보기 위해서라도 저는 지금보다 더 낮아져야 함을 인지합니다. 제 눈엔 어느새 거칠고도 머나먼 길이 보이네요. 그 길이 너무도 길고 험난해 겁도 덜컥 나지만, 이제 결심했습니다. 기꺼이 그 길을 걷겠다고요. 기도해 주십시오. 제 심령이 더 가난해지기를, 부디 제 결정이 틀리지 않기를……. 저를 응원해 주십시오. 그분이 민들레 꽃씨를 다른 곳으로 옮기지 않으시게, 그 눈을 제게서 옮기지 않으시게, 기도해 주세요. 부탁드립니다. 그리고 감사합니다. 세상을 아우르는 모든 축복이 이 순간 여러분과 함께하기를 빌겠습니다. Thank you so much."

다음 날 페이트의 3연속 Album of the Year 수상이라는 기사가, 내 소감이 다시 미국 전역을 때렸다.

많은 이들이 눈물지었고 많은 이들이 가슴을 부여잡았다.

아프다 하였다.

동양의 작은 나라에서 온 소년이, 그 소년의 외침이, 심장을 찔렀고 움직일 수밖에 없었다고.

내 상징인 민들레꽃으로 거리가 뒤덮였다. 민들레 로고가 며칠간이나 미국을 수놓았다. 나의 메시지를 곱씹으며 미국이 현재를 돌아보았다.

너무도 담백하고 또 너무도 처절한 음성이라.

그들이 말했다.

더는 소년을 홀로 두지 않겠노라고.

그 바람이 삽시간에 큰 물결을 이루자 더는 백악관도 주시하고만 있지 않았다.

미국이 앞으로 민들레 소년과 함께하겠다며 나섰다. 조지 H. W. 부시가 결단을 내렸다.

Honorary citizen of the United States.

페이트를 미국 명예시민으로 추서하기로.

"예?!"

"너를 명예시민으로 삼겠대."

"뭐라고요?!"

"네가 미국 명예시민이 된대."

"……왜요?"

"몰라. 모두가 환영하고 있어. 민들레 보이. 지금 네 이름이 미국 전역에 불리고 있다고."

기뻐하는 조용길이었다.

그러나 내 알기로 미국 명예시민은 절대로 간단한 문제가 아니었다.

미국이 규정한 미국 명예시민이란 이런 사람을 말했다.

- 미국 국적이 없는 외국인 중 특별한 업적이 있는 사람에게 미국 대통령이 선정하여 부여한 명예시민권을 받은 자.

선정 절차는 미국 법률에 규정된 순서에 따라 의회의 승인과 대통령의 동의가 필요하고 개국부터 2014년까지 모두 8명이 이 명예시민의 자격을 부여받았다.

이 중 생전에 명예시민이 된 사람은 단 2명뿐.

1963년 영국의 윈스턴 처칠 수상과 1996년 알바니아 국적이라는 테레사 수녀였다.

그러나 지금은 1990년이니 윈스턴 처칠 외 모두 사후 수여였다.

미 의회가 지금 그와 관련된 법률을 검토하고 있다 하였다.

"내가 미국 시민이 된다고요?"

"그래, 명예시민도 시민이니까."

그 덕에 우려의 시선도 덩달아 많아졌지만, 이 결정을 환영하는 시선이 훨씬 더 많아졌다.

물론 우려를 나타내는 시선은 금세 수그러들었다. 공화당 지지율이 순식간에 높아지는 걸 본…… 너무 성급한 결정이 아니냐며 딴죽을 걸다가 지지율이 곤두박질치는 걸 본 민주당은 더는 미적대지 않고 민들레 소년을 미국 시민으로 받아들였다.

합의점이 도출되자마자 번갯불에 콩 구워 먹듯 절차가 진행됐고 마침내 승인이 떨어졌다. 온 언론이 이 사실을 공표했다.

환호가 일었다.

미국뿐만이 아니었다.

남미, 유럽, 아시아 각지에서 미국 명예시민에 대한 보도를 냈고 내 얼굴을 대문짝만하게 실어 보냈다. 민들레꽃과 함께.

이게 무슨 일인지.

무슨 일이 이렇게 돌아가는지.

그 때문에 한국에 돌아가지도 못하고 꼼짝없이 미국에 잡혀 있었다.

"개학하고도 벌써 보름이 더 지났어요."

"너 학교 안 간다고 뭐랄 사람 아무도 없어."

"그렇긴 한데. 입학부터 이러면 좋지 않지 않겠어요?"

"어쩔 수 없는 거잖아. 그래미 3회 연속 Album of the Year 에 세계 음반 판매고 합이 2억 장에 달하는 너야. 이런 너를 몰라주는 게 더 이상한 거 아냐? 게다가 넌 미국에 올 때마다 항상 감동을 줬어. 이제야 겨우 미국이 너를 인정한 거라고."

"……."

조용길은 시종일관 자기 일처럼 기뻐했지만.

나는 너무 과하다고 봤다. 너무 충동적인 결정이었다고.

객관적으로도 그랬다.

동나이대로는 말도 안 되는 업적을 쌓긴 했지만 내 어디가 윈스턴 처칠과 같은 선상에 있을까?

부시 대통령은 대체 왜 이런 일을 벌였을까? 부시 가문에 대통령이 한 명 더 나올 것 같다는 덕담을 날려서 그러나?

당연히 아닐 것이다. 당연히 아닐 거라 생각했다.

어떤 사회든 그 구동 원리가 철저히 이익으로 돌아가는 걸 인지한다면 내 존재가 현 정부에 큰 이득이 되고 향후 미국에도 이득이 된다는 판단이 섰다고밖에 보이지 않았다.

그러니까.

'그게 뭘까? 도대체 무엇을 봤기에 내게 이런 선물을 주는지. 내가 관련된 건 오직 가요계가 전부인데.'

말 그대로 음악으로 미국인을 위로해 줘서일까?

그렇다면 정말 충동에 불과할 테고.

"……"

아쉽게도 현재의 나로서는 알 도리가 없었다. 그저 조신하게 감사하게 받아들일 따름이다.

그렇게 수여식 날이 왔다.

의전은 생각보다 간단했다.

의장대의 축포 같은 건 없었고 의회를 통과한 사안을 미국 행정부가 문서로 화해 미국 대통령에게 전달했고 미국 대통령이 그의 집무실 안에서 엄선된 언론이 지켜보는 가운데 사인을 했고 내게 미국 명예시민증을 수여하는 것으로 끝났다. 미국 여권도 받았다. 내 사진이 거하게 박힌 거로 말이다.

"이게 미국 여권이군요."

"신기하네요. 한국인이 미국 여권을 다 가지다니."

"이거로 달라지는 게 있나요?"

"별로 없어. 명예잖아. 미국 시민과 동등한 혜택을 누린다고는 하는데 대운이에겐 미국 갈 때 비자 기다리지 않아도 된다는 것 정도일까? 어차피 대운이는 한국에서 살 거니 거의 형식상이지."

처칠도 미국 여권을 받았다던데.

다들 내 곁에 앉아 신기한 표정으로 미국 여권을 들여다보았다.

이게 전부였다.

하도 거하게 떠들길래 금과 다이아몬드로 도배한 뭐라도 내려 줄 줄 알았는데 허무할 정도로 아무것도 없었다. 내 주변도 적잖이 실망한 기색이다.

도대체 뭘 기대한 건지.

"다들 돌아가. 대운이 피곤하겠다. 그만들 자기 방으로 가자고. 대운아, 너도 쉬어."

조용길이 우르르 데리고 나가고 나서야 이제 겨우 쉬는가 싶었다.

하지만 채 5분이 지나지 않아 똑똑똑 누가 문을 두드렸다.

"예."

"저입니다. 들어가도 되겠습니까?"

정홍식이었다.

어디 갔었는지 아까는 보이지 않더니.

"들어오세요."

"축하드립니다."

"별일 아니에요."

"하하하, 미국 명예시민인데 별일 아니라뇨. 엄청난 일이 벌어진 겁니다. 이제 미국 누구도 총괄님을 건들지 못할 텐데요."

"그런가요?"

"아 참, 내 정신 좀 봐. 아까 잠시 DG 인베스트에 연락해 봤는데요. 어떻게 돌아가는지 확인할 요량으로 말입니다. 아주 재밌는 건이 하나 있더군요. 웬만하면 내일로 미루려 했는데 아무래도 바로 보고드려야 할 것 같아서요."

내일이면 한국으로 떠난다.

즉 미국에서 할 일이 생겼다는 것.

"뭔데요?"

"스타번스가 드디어 미끼를 문 모양입니다."

"오오, 그래요?"

좋은 소식.

"급하게 미팅을 원하던데. 스타번스까지 만나고 가실 겁니까? 그러시다면 시간을 변경하고요."

"제가 원하는 건 딱 두 가지예요."

"역시 저더러 해결하라는 거군요."

그럴 줄 알았다는 표정이 나왔다.

그나저나.

"그런데 대뜸 미팅부터라니. 의외인데요. 3M처럼 간 보는 것도 아니고."

"으음, 그 생각은 못 해 봤는데. 그렇군요. 이득 없이는 콧방귀도 뀌지 않는 미국인이 전화 문의도 아니고 대뜸 만나자니. 이상하군요. 이것도 알아봐야겠습니다."

"자세히 알아보세요. 정보는 곧 힘이잖아요."

"알겠습니다. 시애틀과 시카고 사립 탐정에 지금 즉시 의뢰하겠습니다."

"부탁해요."

"걱정 마십시오."

"예."

미국에서의 일은 이렇게 끝났다.

당초 예상보다 한 달 정도를 더 끈 것 같은데.

나도 집이 간절했다. 할머니도 보고 싶고 무엇보다 이곳이 불편했다.

모든 게 과장된 나.

여기에 진짜 내 모습은 어디에도 없었으니.

부시 대통령이 전용기를 내줬다. 영예로운 미국 명예시민이 한국 가는데 공항 탑승 수속 같은 걸 하게 돼서야 되겠냐고. 그래서 승무원부터 전부가 군인들로만 구성된 에어포스원 아류를 다시 타게 됐다.

슈웅~.

"확실히 전용기가 대단하네요."

정홍식이 미팅 때문에 미국에 남게 되자 내 옆자리는 김연의 차지가 됐다.

"아주 좋죠. 주무실 분은 뒤칸 침실로 가도 되고 회의실도 있고 좌석도 아주 편하죠. 나오는 음식도 최고급이고요. 다고마운 일이죠. 뭐."

"참으로 대단하십니다."

"예?"

"첫 번째는 멋도 몰랐고 황송하기 바빴습니다. 그런데 이번에는 느낌이 좀 달랐습니다. 제가 무슨 영광으로 이런 비행기에다 타 볼까라는 생각이 들더라고요. 몇 년 전만 하더라도 전 전국의 레코드 가게를 찾아다니느라 바빴던 사람이 아닙니까?"

"그렇게 보시면 사실 저도 그래요."

"그러십니까?"

"그렇죠. 우린 그냥 열심히 일한 것뿐이잖아요. 그래미 3연속 수상도 얼떨떨한데 미국 명예시민에다 이런 의전까지 받으니 오히려 더 뭘 어떻게 해 줘야 하나 멍해지더라고요."

내 말에 김연의 입이 떡 벌어진다.

"아아, 저는 거기까지 생각을 못 해 봤습니다. 하긴 주변에 있는 저도 이런 마음인데 총괄님은 어떨까요? 온몸으로 받고 계시지 않습니까. 정말 무시무시합니다."

"과분하죠. 모든 게 과분하게 오고 있어요. 저는 점점 살얼음판을 걷는 느낌이에요."

"……."

"조금만 삐끗해도 전부가 무너질 것 같은 위태로움일까요? 이 느낌 자체가 이미 과하다는 걸 말해 줘요. 조심하려 해도 어디까지 조심해야 할는지도 모르겠고요. 후우~ 우린 앞으로 어떻게 해야 할까요?"

"저는…… 하아…… 저도 잘 모르겠습니다."

김연의 고백이 맞을 것이다.

회귀자인 나조차 앞길이 잘 그려지지 않는데 보통 사람이 감당하는 건 말이 안 된다.

그러나 나도 이 정도가 전부였다.

다소 염세적인 말을 던지긴 했더라도 나는 이런 인생조차 결국 지나가는 바람이라는 걸 지켜본 사람이었다.

현재의 영광을 누리던 이들이 미래에 어떻게 비참하게 떨어지고 또 어떻게 죽는지를 다 지켜봤다. 남자를 잘못 만난 휘트니 휴스턴도 그렇고 갑자기 죽어 버린 팝의 황제는 어떨까. 미국 대통령인들 다를까?

의미 없고.

죽음과 쇠퇴 앞에선 누구나 평등하였다. 이런 걸 홍망성쇠라 하던가?

하여튼 무언가 거한 것을 하고 있다 착각하지만, 우리에게 허락된 건 하루하루를 살아 내는 방식뿐이었다.

어제의 영광은 결국 어제의 영광이고

오늘은 또 오늘을 살아가는 것.

그것의 반복이 바로 인생이었다.

"그런데 덕인산업 건은 잘 끝난 건가요?"

"가요계 퇴출로 마무리 지었습니다."

"역시 그 정도로 끝났네요."

고개를 끄덕이자 김연이 멀뚱히 날 봤다.

"……?"

"박미견이라는 가수를 찾아 주세요."

"갑자기 박미견이요?"

"1985년 강변 가요제에서 '민들레 홀씨되어'를 부른 여자 솔로인데. 제가 찍어 두고 있었거든요. 헌데 언제부터인가 안 보이길래 수소문해 봤더니 하와이로 이민 갔더라고요."

"하와이……입니까?"

하와이까지 가야 하는지 김연의 눈에 걱정이 들어찼다.

"아니에요. 미국에 오기 전에 들은 바로는 한국으로 돌아 왔다는 얘기를 들었어요. 진짜 온 건지 찾아봐 주세요."

김창한이 사라졌다.

그가 사라짐으로써 라일음향은 없어졌고 그 때문에 공중에 붕 뜬 가수들이 있었다.

그들을 챙겨야겠다.

그래서 박미견이었다. 그들을 전부 연결하는 Key가 그녀에게 있었다.

이미 자체로 보석임에도 딸려 오는 이들조차 어마어마한 것.

나이스 초이스.

"알겠습니다. 찾아 대령하겠습니다."

"그리고 한 가지 더."

"예."

"SML의 동향에 대해 자세히 들여다봐 주세요. 지금 무얼 하고 어떤 상황인지."

"이순만 씨도 영입할 생각이십니까?"

"아니요. 영입은 아니고 같이 갈 정도가 되는지 지켜보는 중이에요. 싹수가 있으면 투자하고요. 아니면……."

"무슨 말씀인지 알겠습니다. 그럼 이도 다 처리하겠습니다."

도착한 오산 공군 기지 앞엔 또 기자들이 잔뜩 몰려와 있었다.

늘 느끼는 거지만.

미국 가는 건 참 좋은데 돌아올 때마다 너무 부산스럽다.

회사도 그랬다.

여덟 개의 현수막이 세로로 걸려 있었다.

일곱 개는 그래미 수상에 관한 것이고 한 개는 미국 명예시민 획득을 축하한다나 뭐라나.

기자 회견을 했고 이번 기자 회견의 중점은 3회 그래미 수상보단 미국 명예시민권에 초점이 맞춰져 있었다.

자기가 조사한 걸 읊어 댄 기자들은 이 내용이 맞냐는 등 미국 명예시민권이 무슨 도깨비방망이라도 되는 것마냥 질문해 댔고 나는 말없이 품에서 미국 여권을 꺼냈다.

분위기는 여권 하나로 절정을 향해 치달았다.

미국 여권 든 내 사진이 다음 날 신문에 콱.

"오늘은 학교 가나?"

"예."

이후 몇 번의 인터뷰를 더 치르긴 했으나 할머니의 만류로 이틀 정도 더 쉬었다.

그리고 오늘 책가방을 멨다.

2월 19일 월요일 미국행 비행기에 올라 3월 26일에야 돌아왔고 3월 30일에 처음 등굣길에 오르는 것.

일반적인 중딩이라면 절대 있을 수 없는 스케줄이었으나 학교도 사회도 국가도 나의 일탈에 대해서는 관대했다.

개인적으로 조금 떨리긴 했다.

반포 중학교로 향하는 학생들이 많아질수록 또 교문에 가까워질수록 심장의 떨림은 설렘 수준을 넘어 쫄릴 만큼 강해졌다.

내가 배정된 반은 1반이었다.

1학년 1반.

아무렇지 않은 척 문을 열고 들어가니 쌩하고 시선들이 내 쪽으로 향한다.

피하고자 내 자리에 가고 싶었는데.

모르겠다.

군데군데 비어 있는 의자가 있어도 어느 게 내 자린지.

"여기다. 대운아, 여기야!"

살짝 공황스러운 가운데 누가 손을 흔드는 게 보였다.

한태국이었다.

우와~ 녀석이 이렇게 반가운 날이 있을 줄이야.

자식이 자기 옆자리를 가리켰다.

"여기가 네 자리야."

"그래?"

"그럼. 첫날 담임에게 말했어. 내가 너랑 제일 친하다고. 다른 애들도 인정해 줬고."

"친한 애들끼리 앉는 거였어?"

"아니, 네 자리가 비잖아. 마침 내 옆자리도 비고. 담임이 그냥 정해 버린 거지."

아아, 무슨 얘긴지 알겠다.

내 미국 일정이 길어지자 담임도 곤란했을 것이다.

그렇다고 중간 자리를 비워 두기 뭣하니 뒤로 물려야 했을 테고 하필 덩치 큰 한태국이 눈에 띄었을 것이다. 반포 국민학교 출신이면 나와 한태국의 관계를 알 테고.

가방만 두고 일어섰다.

"어디 가?"

"교무실에. 인사는 해야지."

"그런가?"

"교무실은 어디냐?"

"오른쪽으로 두 칸만 더 가. 딱 보여."

"알았어."

교무실로 가 사진으로 본 중년 남성을 찾았다.

사진보다 더 시커먼 중년 남자가 있었다. 그 앞에 찾아가 인사를 나누었다.

안녕하시냐고. 이제 겨우 미국에서 복귀했다고.

담임은 나를 아주 반겼고 교무실 계시던 선생님들에게 소개했다. 어머, 그러냐고. 하나둘 다가와 인사 나누었다. 나로선 참으로 어색한 경험이었다. 내가 교무실의 환대를 다 받다니.

교무실에서 나오자 나는 또 멈칫 움직일 수 없었다.

내가 왔다는 소식이 퍼졌는지 아이들이 우르르 내려와 나를 쳐다보고 있었다. 앞뒤로 길을 막고서.

난감하였다.

"너희들 뭐야? 빨리 반으로 안 돌아가?!"

담임이 따라 나오다 발견하지 않았다면 꽤 오랫동안 대치했을 것 같았다.

이것도 적응해야지.

앞으로도 저 시선들이 계속 따라다닐 텐데 예민하게 굴 필요 없다. 순응하자. 조금은 더 이미지 메이킹에 집중하자.

수업 시간도 마찬가지였다.

한 달 사이 진도가 꽤 빠졌던지 초반이 숭텅 날아갔다.

그러나 걱정은 없었다.

나의 학업 성취도는 바로 입시를 치러도 될 정도.

금세 따라잡았고 특히 이제 겨우 I am a boy, You are a girl 정도 배우는 영어 수준에서 네이티브 스피커인 나는 가히 양민 학살자였다.

머리에 포마드 기름 바른 옛날식 콩글리시 수업으로는 나를 감당할 수 없었고 당황한 영어 선생님은 어느새 본인은 문법만 가르치고 영어 본문을 읽을 때는 나를 쓰기 시작했다. 국딩 때 담임들이 나를 풍금에 앉혔듯.

그렇게 며칠을 다녔나?

4월의 향긋한 벚꽃 바람이 남부 지방으로부터 북상 중일 때 나는 또 아주 신기한 경험을 하게 됐다.

어디서 많이 본 인물들이 우리 반에 있다는 걸 깨달았다.

동글동글 조그만 그러나 당돌하면서도 알찬 아이 한 명과 존재감 없이 가만히 있으나 인물이 좋은 왜소한 아이.

한 명은 '강남스타일'로 유명한 싸인이었다. 이름이 박재산이라고. 얘가 반포 국민학교 출신이라는 걸 이때 처음 알았다.

또 다른 한 명은 훗날 '뚜찌빠찌뽀찌' 댄스와 연기자로 이름을 알릴 심형탄이었다.

신기했다.

쟤들은 나중에 자기가 뭘 할지 알고 있으려나? 박재산이는 특히 세계를 상대로 이름을 알릴 텐데.

물론 어설프게 접근하거나 하지는 않았다.

그저 멀리서 지켜만 볼 뿐. 저들의 어린 시절을 관찰만 할 뿐. 내 중학교의 시작은 이렇듯 아주 편하게 시작하는가 했다.

늘 곁에 있는 한태국이 정리해 버렸든지 아니면 내 위세가 감당 못 할 정도인 걸 인식했는지 시비 거는 애들도 없었고 선생님들도 점점 내 학업 성취도가 이례적인 걸 깨닫고 계속 칭찬하는 수준에 이르렀다.

그랬다. 미국에서 걱정했던 것과는 달리 아주 순탄하게 흘러갔다.

이제 잠잠히 곡 작업 좀 해 볼까 하고 있을 때 정복기가 찾아왔다. 큰 쇼핑백으로 두 손 가득히 들고.

요즘은 이 사람이 찾아올 때마다 무서워진다.

오늘은 또 무슨 일일까.

"무슨 일인가요?"

"저 그게⋯⋯."

대답 대신 오른쪽 쇼핑백을 뒤적인다.

꺼낸 건 망원카메라 렌즈처럼 생긴 물건이었다.

"어."

"맞습니다. 시제품입니다. 그동안 공장 섭외해서 외형 만들고 화질 개선 좀 하느라 시간이 걸렸습니다."

CCTV였다.

직사각형 박스가 아닌 원통형이었다.

"완성된 거예요?"

"아마도 현재 수준으로는 최고일 겁니다."

"화질은 어떻게 나오나요?"

"이게 화면 영상입니다."

보여 주는데.

지지직거리는 노이즈도 없었고 초점이 안 맞아 뭉개지는 현상도 없이 아주 깨끗했다.

물론 1억 화소를 넘나드는 시대를 겪은 눈에는 성에 안 차지만 적어도 100만 화소는 나올 것 같은 느낌.

'이 정도 기술력이었나?'

놀라웠다.

단언컨대 90년대 중반에도 나는 이런 화질을 보지 못했다.

오버테크놀로지인가?

90년대 초반에 나오는 CCTV들은 거의 요식용이나 마찬가지였다. 감시하고 있다. 감시하고 있으니 함부로 굴지 마라. 경고용 정도?

그러나 이 물건이라면 완벽한 식별이 가능했다.

"어떻게 된 거예요?"

"영상이 넘어오는 신호의 세기 정도를 찾는 것부터 넘어온 영상의 노이즈 처리 등 애먹게 하는 일이 꽤 있었습니다. 처음엔 정말 말도 안 되는 화질이었죠. 사람인 건 확인할 수 있는데 얼굴이 뭉개져 누군지는 알아볼 수 없었거든요. 아무리 해도 할 수 없어 저희가 따로 Video Processor를 개발해 버렸습니다."

"영상 처리 장치를 독자 개발했다고요?"

"어렵지는 않았습니다. 기존에 있는 것에다 기능만 더 업

그레이드시킨 거니까요."

"그게 이 안에 다 들어가 있다는 건가요?"

"예."

"이게 지금 구현이 가능하다는 거네요."

"그렇죠. 품이 많이 들긴 했는데. 화질도 모션 캡처도 현재
로선 이게 최상입니다."

이 원통형 CCTV가 거의 방송용 카메라 수준이 됐다는 얘
기였다.

그러니까 방송용 카메라로 따진다면 당연히 그럴 수도 있
겠지만.

이건 CCTV였다.

한 기에 몇백만 원, 몇천만 원씩 퍼부을 수 없었다.

"대당 얼만데요?"

"주문 수량에 따라 달라지긴 한데. 100대 기준으로 50만 원
입니다."

'세긴 세네. 아니야. 2000년대에도 CCTV 하나 설치하려면
비쌌어. 그래서 대부분 렌트로 돌렸는데.'

원역사에서 나온 CCTV는 대체 뭘까?

그 난잡한 화질들은 어떻게 된 걸까?

"권장 사항이 어느 정도죠?"

"이 중앙 처리 장치 하나로 50대까지는 무난합니다. 그 이
상으로 넘어가게 되면 과부하 의심이 들고요."

"저장 용량은요?"

CCTV의 핵심은 잘 찍기도 해야겠지만 증거를 잘 남기는 것도 중요했다.

"사실 그 부분이 제일 힘들었습니다. 시중에 나온 메모리로는 획기적인 방법이 나올 수 없더군요. 그래서 어쩔 수 없이 비디오테이프를 활용하였습니다. 이 부분에 대해서만큼은 아쉽지만, 다음 기회로 미뤄야 할 것 같습니다."

절로 고개가 끄덕여졌다.

저장 기술은 아직 발달하지 않았다.

지금은 비디오테이프로 모든 걸 해결하는 시대.

시중에 나온 하드디스크도 1TB 같은 시절이 아니었다. 최고로 치는 하드디스크도 20MB, 하나의 가격만도 수십만 원을 호가할 때.

몇 년이 더 지나야 겨우 쓸 만한 게 나올 것이다. 당장 2GB만 돼도 해 볼 만할 텐데.

"혹시나 해서 하나 사서 붙여 봤는데 현재 나온 하드디스크로는 저장은커녕 안정성도 떨어져 영상이 아예 날아가 버리는 경우도 있었습니다. 사용 불가더라고요."

"그렇겠네요. 저장이 안 되면 CCTV 설치할 이유가 없어지겠죠."

"지금으로는 방법이 없습니다."

고개를 절레절레.

결국 Digital Video Recorder 기술의 발전 여부가 이 사업의 성패를 가른다는 얘기다.

"현재는 하루 종일 기록하려면 VCR을 열 대가량 돌려야 합니다. 비디오테이프도 하루 열 개가 필요하죠."

"어휴~ 보통이 아니네요."

말이 하루에 열 개지 1년으로 따지면 3,600개 이상이었다.

이쯤 되면 보관하는 것도 일이다.

배보다 배꼽이 더 큰 경우.

이걸 어떻게 융통성 있게 사용해야 하는지 설명하는 것 자체가 이미 기술력의 부족을 시인하는 꼴이었으니 안타까웠다.

기술이 있는데도 제반 사항이 따라 주지 못해 온전한 사용을 못 하다니.

"결국 CCTV는 경고용으로밖에 사용 못 하겠군요. 실시간 확인은 될 테니."

"그래서 회의 끝이 이런 결론을 내렸습니다."

"뭔가요?"

"소리로 경고하는 기능을 넣으면 어떨까 해서요."

"소리로요?"

"스피커 기능을 탑재하는 거죠. 감시자가 마이크로 말하면 바로 해당 카메라에서 나오게 하는 거죠."

들어 본 적 있었다.

쓰레기 무단 투척 감시와 방범용으로 주로 쓰이는 특별한

CCTV에서나 나오던 기능이다.

감시자가 지켜보고 있음을 주지시킴으로써 범죄를 예방한다는 측면에서 무척 긍정적인 평가를 받던 물건.

그러나 그런 종류는 2000년대에나 나왔다.

"그게 가능해요?"

"단가가 조금 올라가지만 몰래카메라 만들 때처럼 하면 됩니다. 어차피 디지털 방식이라 소리 신호만 잘 변환시켜 주면 되니까요."

어차피 디지털 방식이란다.

그 순간 머리가 번뜩했다.

"가만…… 그러면 이거 통신 아니에요?"

"통신이라기보다는 전달에 가깝죠. 쌍방향이 아니니까…… 어! 그렇네요. 제가 왜 그 생각을 못 했을까요? 소리 입력 단자를 넣으면 되는 거잖습니까? 그러네. 어차피 만드는 김에 기능 하나 더 넣는 것뿐인데. 왜 전달하려고만 생각했지? 받아도 되잖아. 이러면 완벽해지잖아."

갑자기 혼잣말로 들어가더니 왼쪽 쇼핑백에서 물건을 또 꺼내는 정복기였다.

"이것부터 먼저 보십시오."

높이 50cm 정도 되는 사각형 장치였다.

뭐지? 하고 쳐다보는데.

"재작년부터 시작한 쌍방향 무선 통신 연구의 결과물입니다."

"설마…… 이것도 완성하신 거예요?"

"아니요."

"아……."

"연구하다 보니 중간에 툭 튀어나온 결과물이라서 먼저 보고부터 드리려고요."

"중간에 툭 튀어나왔다고요?"

"간단하게 설명드리면 당시엔 저흰 총괄님이 던지신 폭탄에 거의 정신을 차리지 못했죠. 소고기 잘 먹고 회식 신나게 하고 정규직으로까지 올라 미쳐 있었는데…… 미쳐서 불타올라 냉큼 하겠다고 큰소리는 쳤는데…… 들여다보면 들여다볼수록 '도대체 어떻게?'란 질문이 괴롭혔습니다."

"그……렇겠네요."

기억이 주르륵 났다.

방범용 감시 카메라를 들고 와 받아 달라는 정홍식에게 디지털 멀티플렉싱 기술을 설명하며 만들어 오라 지시했고 그렇게 구현해 온 CCTV용 디지털 멀티플렉싱 기술을 보고 난 또 CDMA 기술을 떠올렸다.

사기충천인 정복기에게 이렇게 지시했다.

쌍방향 무선 통신 기술을 만들라고.

도종민도 같은 자리에 있었으니 아니라고는 말 못 한다.

"암담했습니다. 도대체 어디부터 손을 대야 하나 껌뻑대다가 라디오를 듣다 힌트를 얻었습니다. 라디오도 결국 무선 통신 아니겠습니까? 일방적이긴 하지만."

"그렇……네요."

"FM, AM. 라디오 방송국이 주파수대별로 나뉘어 있는 원리를 이용하면 어떻겠나 싶어 초기 프로토타입을 개발했을 때만 해도 전부 해결된 것처럼 굴었습니다."

Frequency Division Multiple Access.

FDMA. 주파수 분할 다중 접속의 개념이었다.

초기 무선 통신의 방식으로 오르내리던 것이 정복기 입에서 나왔다.

기가 막혔다.

등골로 전율이 쫙.

우리 세종대왕님이 장영실을 보고 이런 느낌을 받았을까?

황홀했다.

"근데 말입니다. 누가 갑자기 이런 소릴 합니다. 이런 문제가 있지 않겠냐고? 막 웃다가 순간 벙쪄더라고요. 다시 생각해 봐도 지적한 부분은 아주 치명적인 문제점을 가지고 있었습니다."

"그 문제점이 뭔데요?"

"무선 통신 기술이라면 적어도 전 국민을 상대로 영업할 텐데 이대로 되겠냐는 거죠. 이 방식으로는 사용자가 많아질수록 주파수 대역도 넓어져야 하는데 도대체 어디까지 넓어지느냐는 거죠. 군사용으로 겹치는 부분도 있을 수 있고 더구나 잡음까지 심합니다. 우리나라같이 산지가 많은 곳은 통화도 잘 안 될 거고요. 품질로는 최악이죠. 이럴 거면 유선 전화를 쓰지 뭐 하러 무선 전화를 쓰냐는 거죠. 그래서 쓰레기통에 버렸습니다."

"아……."

나도 모르게 탄식을 터트리자 정복기는 오히려 기세등등 아까 꺼내 놓은 사각형 컴퓨터 데스크톱 같은 물건을 탁탁 쳤다.

"그러나 우린 또 한다면 하는 사람이 아닙니까. 한 번 건드렸는데 더 못 건들겠습니까? 그래서 개발한 게 이놈입니다."

"……뭔데요?"

"라디오 주파수가 가진 한계점을 뚫으려다 툭 나온 아이디어인데요. 원리는 아주 간단합니다. 주파수에 시간 개념을 추가로 설정하는 거죠."

옴마야.

"시간 개념이라면……요?"

"설사 이용자가 많아진다고 해도 전화를 모두가 똑같은 시각에 사용하는 건 아니지 않습니까? 만약 똑같은 시간에 사용한다 해도 주파수대가 다르다면요?"

"섞이는 일이 없겠죠."

"맞습니다. 끊임없이 들어오는 신호들을 시간대로 샘플링하는 기능을 넣어 봤습니다. 1천만 유선 전화 시대를 연 TDX-1(전전자교환기)도 결국 음성 신호를 아날로그→디지털→아날로그로 변환하는 장치가 아닙니까? TDX-1에서 힌트를 얻은 거죠. 우리가 TDX-1와 다른 건 걔들은 버튼의 신호를 인식해서 구분하지만 우린 시간대를 보니까요."

"그렇……네요."

"그런즉 TDX-1가 탑재한 PCM 방식은 우리도 당연히 받아들여야 할 시스템이었습니다. 무선 통신이나 유선 통신이나 첫 출발은 무조건 기기 즉 아날로그란 걸 동의하신다면 아날로그→디지털→아날로그로 변환해 주는 PCM 방식은 앞으로 이어질 무선 통신에도 사용 가능하다는 결론에 도달하게 되니까요."

여기에서 사람의 음성을 디지털로 변환하는 PCM 방식에 대해 잠시 설명하자면 간단하게 이런 식으로 그려질 수 있었다.

1. 표본화 : 원 신호에서 표본값을 추출.

2. 양자화 : 추출된 신호의 크기를 정량화한다.

3. 부호화 : 정량화한 신호를 8비트 펄스열로 조합.

4. 다중화 : 수십 개의 채널로 나눈다.

5. 재생중계 : 변환 도중 감쇠된 펄스를 등화, 재생, 타이밍한다.

6. 역다중화 : 채널을 개별로 분리.

7. 복호화 : 분리된 부호열을 표본값으로 복원.

8. 보간 : 표본값으로 환원.

이것이 또 각 과정을 진행하며 256단계로 세분된다.

이 과정 속에서…… 그러니까 1초에 몇천 번씩의 샘플링이 가능하다면?

시간대별 각 요소요소에 샘플링한 신호를 넣을 수 있다면?

앞서 설명했듯 PCM 방식은 각각 샘플링된 값을 8bit 디지털 신호로 변환한다.

만일 1초에 8,000번의 샘플링이 가능하다면 8x8,000=64kbps의 디지털 신호가 만들어진다는 얘기다.

즉 256단계란 변환 과정에 시간 분할이 녹아든다면 하나의 국가 정도는 쉽게 커버 가능하다는 결론이 나온다.

"……!"

아니, 그런 건 너무 복잡하니까 과정 다 빼고 단순히 1시간에 몇 개의 신호를 소화할 수 있나 계산해 봤다.

1초에 8천 개라면 1분 48만, 1시간 2,880만 개가 나온다.

이것만도 정복기의 TDMA는 1시간에 최소 2천만 명을 소화할 수 있었다.

"다소 복잡한 샘플링 과정을 거친다지만 이 방식의 장점은 샘플링된 신호들이 서로 섞이더라도…… 숫자가 많아지면 분명히 뒤죽박죽 섞이게 될 겁니다. 그럼에도 안정적인 건 시간대로 이미 샘플링한 것이니만큼 정상적인 추출이 가능해진다는 겁니다. 즉 기술력이 1/10ms 단위로 샘플링이 가능해진다면 이론적으로 하나의 주파수 채널에 10개의 다른 타이밍으로 샘플링된 신호가 서로 간섭을 일으키지 않고 공존하게 된다는 거죠. 이러면 사용자가 아무리 많아지더라도 문제가 없어집니다. 하하하하하하하."

말을 하면서도 통쾌한지 마구 웃어 댄다.

Time Division Multiple Access.

TDMA. 시분할 다중 접속의 개념이었다.

유럽에서 시작해 세계 30억 명 이상이 사용할 무선 통신 규격.

아는 건지 모르는 건지 정복기는 무선 통신의 단계를 차근차근 밟아 가고 있었다.

'미치겠네. 이 사람은 지금 자기가 뭘 개발했는지 알고는 있나?'

CDMA를 원했더니 TDMA를 가져왔다.

유럽 수십 개의 통신 회사가, 또 수천 명의 연구원이 매달려 겨우 도달한 통신 기술을 완성했다는 걸 알려 준다면 어떤 표정을 지을까?

그 순간 번뜩.

"설마……."

미국에 있는 정홍식에게 전화를 걸었다.

현재 미국과 유럽에 TDMA 방식의 무선 통신 기술이 올라왔는지 빨리 확인해 달라고.

떨리는 마음에 자리에 털썩 앉았으나 정복기는 여전히 같은 자리에 앉아 나를 쳐다보고 있었다.

"아…… 얼마 전에 유럽에서 무선 통신에 대한 표준을 논하고 있다는 걸 들었거든요. 그게 혹시 등록됐나 알아보려고요."

"그 말씀은?"

"그보다 이거 제대로 작동하는 거 맞아요?"

"전화기만 있으면 바로 작동할 수 있습니다. 이미 실험도 마쳤고요."

"혹시 위성과도 연결할 수 있나요?"

"위성이요? 거기까진 생각해 보진 않았는데. 가능은 할 겁니다. 어차피 위성도 별반 다르지 않은 방식이니까요."

"하아……."

"……."

"우선 정홍식 대표님을 기다려 보죠. 잘하면 우리도 유럽 무선 통신 사업에 한 발 걸칠 수 있을지도 모르겠네요."

"예?"

유럽의 무선 통신 역사가 이랬다.

1982년 유럽 우편 통신 관리 협회가 유럽 전역에서 사용될 수 있는 이동 통신 표준으로 집단 특화 이동 통신(Groupe Special Mobile, GSM)을 건의한다.

1986년 유럽 위원회가 GSM용 900MHz 스펙트럼 대역을 예약할 것을 제안한다.

1987년 유럽의 13개 국가가 공용 휴대 전화를 개발하기 위한 양해 각서를 체결.

1989년 GSM이 유럽 통신 표준 기구로 관할 이전.

1990년 기술 규격 배포.

1991년 에릭슨의 기술을 채용한 핀란드의 라디오린자에 의해 최초 상용 서비스가 개시.

1993년 유럽 지역 48개 국가에서 70곳의 통신사업자가 GSM 서비스를 운용.

여기에서 제일 걸리는 것은 핀란드의 라디오린자였다.

라디오린자는 1988년 9월 19일에 설립된 핀란드의 통신 네트워크 회사로 단 3년 만인 1991년 7월 1일 세계 최초로 GSM 상용화에 성공한다.

핀란드 총리 해리 홀케리가 피르칸마주 탐페레의 부시장인 카리나 수오니오에게 GSM call을 날린 장면은 아직도 내 기억에 생생했다.

즉 기술이라면 거의 확립됐을 거라는 것.

하지만.

왠지 모르게 내가 더 빠르다는 느낌이 왔다.

마음이 조마조마.

아니, 이러고 있을 것만이 아니라 조금은 더 적극적으로 움직여 보는 건 어떨까?

"이거 주파수 대역이 어떻게 되죠?"

"확실히 정하지는 않았는데. FM과 AM을 피해 일단 200MHz부터 시작하게끔 세팅해 놨습니다."

FM이 88~108MHz의 주파수 대역을 가지고 있다. 각 FM 방송국에 허용되는 대역폭이 200kHz라.

AM의 경우도 526kHz~1.6MHz의 주파수 대역에 각 방송국 대역폭은 9kHz.

다만 TV는 54~72MHz, 76~88MHz, 174~216MHz, 470~806MHz의 주파수 대역에 채널당 6MHz의 대역폭으로 정해져 있었다.

그리고 유럽이 요구하는 이동전화 주파수는 900MHz 이상.

이동전화는 기기부터가 벌써 800MHz 대역의 극초단파(UHF)를 사용한다. 기지국에서 송신하는 주파수는 869~894MHz, 수신하는 주파수도 또한 824~849MHz.

전작에서 무선 통신업을 연구했기에 한 손에 잡혔다.

고로 정복기의 보고가 TV 주파수 대역은커녕 무선 통신도 전혀 고려치 않고 있다는 것을 파악할 수 있었다.

이 기술이 정말 디지털 멀티플렉싱에서 파생된 게 맞다는 것.

유럽 통신망에 대한 시간대가 애매한지라 확신이 필요했
는데.

의외의 곳에서 힘을 받았다.

"혹시 900MHz까지도 되나요?"

"물론 가능합니다. 대역폭 확장하다가 2,000MHz까지 가
봤습니다. 이놈도 가려면 얼마든지 갑니다."

"된다는 거네요."

"당연하죠. 기능 하나 추가했을 뿐인데요. 통화도 됩니다.
보여 드릴까요?"

"예."

쇼핑백에서 일반 전화기를 꺼낸다. 개조했는지 안테나가
붙어 있었다.

"임의로 123-4567로 해 봤습니다."

띡띡띡 누르니 통화가 된다.

'된다.'

회사 설립이라면 우리가 라디오린자보다 빨랐다.

다만 걸리는 건 유럽 13개국이 범유럽 900MHz 디지털 셀
룰러 모바일 통신 서비스 이행에 관한 양해 각서에 서명했다
는 건데.

이 시점이라면 라디오린자의 라이선스가 심사받고 있을 수
도 있고 또 어쩌면 이미 시범 가동에 들어갔을 수도 있었다.

그러나 그들이 간과한 건 사용자의 수였다.

900MHz의 대역폭 하나로는 늘어나는 사용자를 감당할 수 없었다.

"1,800MHz 대역으로 가 보는 건 어떨까요?"

"1,800MHz입니까?"

정복기가 기기를 만지는 걸 보는데 어떤 생각이 번뜩하고 들었다.

"아…… 자, 잠깐만요."

"예?"

"굳이 먼저 쭈그러들 필요는 없을 것 같은데요."

"……?"

"일단 900MHz까지만 맞춰 보고 시작하죠. 당장 미국에 가 주세요. 미 대사관에 연락해 비자 받아 드릴 테니까요."

"예?! 미국이요?"

"갈 때 CCTV용 디지털 멀티플렉싱 기술과 주파수 대역 통신 개발 과정까지 모두 넣어서 가세요. 정홍식 대표님께 드리면 알아서 해 주실 거예요. 일단 들이대 보죠."

"저야 가라시면 가긴 하겠는데…… 정말 미국에 갑니까?"

"예, 당장 짐 싸세요."

"알겠습니다. 이것저것 챙겨서 바로 미국으로 떠나겠습니다."

"부탁드려요."

모처럼 살 떨렸다.

일이 잘 풀린다면 우리 오필승도 역사의 한 페이지를 장식

할 수 있을 것이다.

그렇게 며칠 후 정홍식으로부터 전화가 왔다.

[총괄님.]

"예, 말씀하세요."

[결론부터 말씀드리면, 가능합니다.]

"그런가요?"

[핀란드에 라디오린자란 회사가 올 3월 말에 비슷한 유의 기술 특허 심사에 들어가 있긴 한데 아직 통과된 것도 아니고, 무엇보다 핀란드가 유럽 공동체가 아닙니다. 우리가 출원한다고 한들 기술 우선권을 주장하기 어렵습니다. 원천 기술이 전혀 뿌리가 다른 곳에서 출발했으니까요.]

"그래요?"

머리가 화악.

며칠간 골 싸맸던 게 한 방에 사라지는 기분이 들었다.

[어떻게 할까요?]

어떻게 하긴 뭘 어떻게 해.

진행해야지.

말하려는데.

[아! 더 중요한 게 있습니다.]

"뭔가요?"

[우린 벌써 시제품이 나왔죠. 개념도 특허만 올린 라디오린자와는 출발선부터가 다릅니다.]

"아!"

[걱정 마십시오. 타이밍 논리부터 회로 어레인지먼트, 절차와 시스템. 특허에 관한 한 빠져나갈 구멍 하나 없이 완전히 틀어막겠습니다.]

아아, 정홍식 최고.

이러면 어떤 식으로 싸우든 우리가 이긴다.

"마지막으로 하나만 확인하죠. 유럽 통신 표준 연구소가 기술 표준을 배포했는지 알아봐 주세요."

[알겠습니다. 만일 아무것도 없다면 어떻게 하시겠습니까?]

"싸워 보죠."

[그 말씀을 기대했습니다. 방식은 전과 같겠죠?]

"예, 세계를 상대로 동시 진행합니다. 이름은 복기-1입니다."

[오호호, 정말이십니까?]

"예."

[정 대표가 무척 기뻐하겠습니다.]

"며칠 관광하다가 오시라고 하세요. 복기-2도 만들어야 하니까요."

비록 라디오린자보다 특허 출원이 보름 정도 늦었다지만 승산은 있었다.

어차피 기술 공개도 되지 않았고 카피 의혹은 당연히 없었다.

게다가 우린 시제품까지 있었다. 누가 봐도 우리가 먼저 개발한 게 틀림없었고 더구나 정복기가 돌아오면 1,800MHz

대역에 추가적인 기능도 넣을 생각이니.

"여기에 보안 기술만 제대로 들어가면 CDMA도 멀지 않았어."

동시에 진행한다.

그렇지 않아도 온 세계가 무선 통신에 난리가 날 것이다.

이럴 때 조그만 족적이라도 남긴다면…….

"후우……."

앞으로의 행보가 이처럼 기대되던 때가 또 없었다.

"잘돼야 할 텐데."

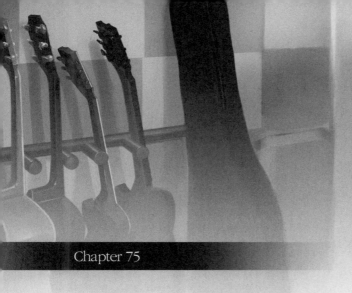

"만나서 반갑습니다. 정홍식입니다."

"하워드 슐츤입니다."

"제가 사정이 생겨서 약속을 뒤로 미뤘는데 뒤늦게라도 응해 주셔서 감사하다는 말씀을 드리고 싶었습니다."

"아닙니다. 저희도 일이 있었던 터라. 괘념치 마십시오."

결과적으로 약속을 미뤘다.

스타번스의 미팅 요청이라면 뻔한 일이었고 아무리 총괄의 허락이 있었다고는 하나 덥석 만남부터 가지는 건 안 될 일이었다. 급작스레 만나자 하는 이유를 알아야 했고 그에 따른 충분한 조사와 분석할 물리적인 시간이 필요했다.

정홍식은 과감히 약속을 미루고 오늘에서야 테이블에 앉았다.

상대의 첫인상은 사설탐정이 가져온 사진보다 핸섬했다.

풍기는 기운도 셌고 자신감 넘치는 전형적인 미국인.

보통이라면 기세에 휘둘릴 수도 있겠지만.

이 건은 어떻게 해도 질 수가 없다.

즉 DG 인베스트가 '갑'.

정홍식이 선빵을 쿡 찔렀다.

"그래, 일은 잘 해결되셨습니까?"

"아……십니까?"

"세이프 세트를 뿌린 지 1년이 넘었죠. 슬슬 다른 커피 전문점으로 향하려던 차에 갑작스러운 연락이라 알아볼 수밖에 없었습니다. 아, 물론 그 조사 때문에 약속을 미룬 건 아닙니다. 겸사겸사죠."

"으음……."

"다만 첫 문장부터 이해할 수 없더군요. 소송이라니. 우리 세이프 세트는 그런 일을 방지하라고 만든 건데…… 사용하지 않으셨나 봅니다. 허어, 이런이런. 버린 거군요. 6개 매장 전부."

"크음……."

진실로 안타깝다는 듯 정홍식이 고개를 젓자 하워드 슐츤은 복잡한 표정으로 입을 열었다.

6개 매장 전부라는 말이 귓가에 맴돌았지만, 지금은 그런 것에 연연할 때가 아니었다.

"……아닙니다. 세이프 세트라고 했나요? 매장에서 사용 중이었고 뜨겁다는 고지조차 충실히 이행했죠. 단골들이 사실을 증명해 주어 재판은 소비자의 부주의로 돌아서고 있습니다."

"그런가요? 아주 잘됐군요. 역시."

고개를 끄덕끄덕.

"저도 남는 시간을 활용해 알아봤는데. DG 인베스트에서 세이프 세트를 특허로 묶어 놓으셨더군요."

"그렇죠. 미국부터 전 세계를 상대로 출원하였죠. 큰돈 들여서. 우리보다 빨리 출원한 뚜껑도 세이프헤드란 이름으로 구매했고요."

"……그렇군요."

"아주 우연한 기회에 떠올린 특허입니다. 커피 한잔하러 들어갔는데. 너무 뜨겁더군요. 이걸 마시라고 준 건지. 아예 손으로 집을 수도 없을 만큼 뜨거워서 당황했던 기억이 있습니다. 그걸 활용해 만들었는데. 어떠셨습니까? 세이프 세트를 끼니 집을 만하지 않았나요? 들고 다녀도 넘치지 않고요."

"……예."

"효과를 보셨다고 하니 더는 돌아가지 않고 본론으로 들어가겠습니다. 동의하십니까?"

"……그러시죠."

"자, DG 인베스트에 찾아온 이유를 말씀해 주십시오."

무대를 마련해 주는 정홍식의 눈을 본 하워드 슐츤은 가져온 계획으로는 바늘도 안 박히겠다는 걸 깨달았다.

상대는 자신감이 넘쳤고 무엇보다 자기 포지션을 충분히 인지하고 또 이용할 줄 아는 자였다.

아무래도 이런 일에 특화된 자가 아닐까.

게다가 이미 지고 들어가는 싸움이었다.

스타번스에 세이프 세트는 필요했고 임의로 활용할 방안은 없었다. 무단 도용에 대해서도 '커피 전문점에서 활용할 뜨거움 혹은 차가움 방지'라는 문구로 철저히 막아 놨다. 엇비슷한 것으로 잘못 얽혔다간 대규모 소송에 걸릴 것이다.

하지만 지레 겁먹어서도 안 된다. 자신은 스타번스 대표였고 모름지기 협상은 오가며 본래 자리를 찾는 것이니까.

"단도직입적으로 말씀드려 세이프 세트 특허권을 구입하고 싶습니다."

"특허 구입이라. 아주 강력한 제안이군요. 그래, 얼마를 제시할 생각이십니까?"

"으음……."

"그냥 솔직하게 말씀해 주십시오. 저희도 그래야 가타부타 결론을 내릴 테니까요."

"1백…… 아니, 2백만 달러입니다."

"2백만 달러요?"

"예."

"이 특허를 2백만 달러짜리로 보신다는 거네요."

"예?"

"이런! 아무래도 생각하는 부분에서 큰 차이가 있는 것 같습니다. 솔직히 말씀드려 저희가 뚜껑 특허를 구입하는 데 쓴 돈이 2백만 달러입니다. 무척 아쉽네요."

"그게 무슨……?"

하워드 슐츠이 당황하는 사이 정홍식은 더욱 몰아쳤다.

"아무래도 규모면에서 큰 차이가 있을 것 같은데. 이럴 바엔 차라리 우리 측에서 역제안을 드리면 어떨까요?"

"역……제안이요?"

"스타번스에 우리 DG 인베스트가 투자를 하면 어떻겠습니까?"

"투자……입니까?"

"예."

"갑자기…… 근데 얼마나?"

하워드 슐츠의 눈앞으로 검지를 하나 드는 정홍식이었다.

"1백만 달러요?"

"아니요. 그거보다 더 쓰셔도 좋습니다."

"설마 1천만 달러입니까?!"

눈과 목소리가 동시에 커진다.

이 정도라는 것.

하지만 정홍식은 도리도리.

"1억 달러입니다. 이 정도는 돼야 우리 DG 인베스트와 파트너십 자격이 있겠죠."

"1, 1억 달러요?!"

"우리 DG 인베스트는 스타번스의 가치를 1억 달러 이상으로 보는데. 어떠십니까. 대표님께서는?"

"아니, 그게…… 전…….."

황당, 당황, 멍, 공황…….

순식간에 여러 가지 표정이 지나갔다.

정홍식은 인자하게 미소 지었다.

총괄이 그랬다. 지르려면 그 사람 그릇보다 훨씬 크게 지르라고. 그렇게 가슴을 부풀려 놓으면 웬만한 건 눈에 들어오지도 않을 거라고.

그때 챙길 걸 챙겨야 한다고.

"대답을 못 하시는군요. 혹시 생각할 시간이 필요하십니까? 하긴 간단한 문제는 아니겠죠. 주주분들과 상의해 보시고 다시 만나는 건 어떨까요?"

"그게…….."

"왜 그러십니까?"

"저희 스타번스를…… 정말 1억 달러 이상으로 보시는 겁니까?"

"대표님을 보니 더욱 확신이 드네요. 합당한 지분을 보장해 주시면 1억 달러를 일시금으로 넣어 드리죠."

"일시금으로요?"

"동시에 특허권 협상도 다시 시작하는 겁니다. 어떠십니까?"

"……."

진짜 투자할 모양인가 보다.

하워드 슐츤은 마법의 양탄자라도 탄 것 같은 기분이었다.

'이게 뭐지?'

특허권 사러 와서 갑자기 투자 유치라니.

그것도 1억 달러였다.

하지만 침착해야 했다. DG 인베스트에 대해서 더 자세히
알아봐야겠고. 진짜 그런 돈이 있는지부터 다른 의도 있는 게
아닌지……

'어!'

문제는 그것만이 아니었다.

스타번스의 규모.

지분 전부를 합쳐도 1억 달러는커녕 그 언저리도 미치지
못한다. 가치를 아무리 잘 쳐줘도 1천만 달러 정도?

그렇다면 도대체 얼만 한 지분을 줘야 하나?

50%, 60%? 그것도 아니면 80%?

그럼 경영권은?

아니, 아무리 이쪽으로 유리하게 따져 본들 1억 달러라면
아예 통째로 인수하는 게 나았다.

이런 식으로는 거래가 안 된다.

'아…….'

하워드 슐츤은 솔직하게 나갔다.

"저흰…… 그 돈을 투자받을 규모가 되지 않습니다."

그러나 정흥식은 그가 생각하는 이상으로 끝맺음이 강한 사람이었다.

"슐츤 대표님께서는 투명한 분이시군요."

"……."

"부담 가지지 마세요. 그저 최대 1억 달러라고 말씀드린 겁니다. 아무리 많이 줘도 1, 2천만 달러면 넉넉하게 살 수 있는 회사를 말이죠. 적당한 수준에서 적당한 투자 금액을 정해 달라는 겁니다. 앞으로 대표님을 밀어줄 친구의 자금력이 이 정도라는 걸 아시라고 꺼낸 얘기입니다."

"아아…….."

"경영권에는 일절 터치가 없을 겁니다. 그래도 30% 정도는 갖고 싶은데. 대표님이 주주들을 잘 설득해 주십시오. 스타번스도 이제는 큰물에서 놀 때가 아닙니까?"

"정말 제 경영권을 지켜 주신다는 얘기입니까?"

"언제나 우호 지분으로 있을 겁니다. 명문화를 원하시면 그리 계약해 드리고요. 혹여나 처분 시에도 우선권을 드리지요. 아시다시피 DG 인베스트는 투자 회사지 경영 회사가 아니니까요."

정흥식이 손을 내밀었다.

"우리 손을 잡으시겠습니까?"

손을 본 하워드 슐츤은 얼른 잡았다.

"알겠습니다. 제가 한번 움직여 보겠습니다."

"비로소 동지를 만났군요. 함께 잘 키워 보자고요. 구체적인 사안은 차차 해결하시고요."

"예, 감사합니다. 여기 올 때까지만 하더라도 이런 일이 있을 줄은 몰랐는데. 정말 놀랍습니다. 이도 행운일까요?"

"아니죠. 대표님의 운명 아니겠습니까?"

"운명……."

"거대한 세이렌이 되어 세계를 상대로 홀려 보는 겁니다. 그 그림이 실현될지 말지는 순전히 하늘에 맡기고요. 우린 그저 열심히만 가는 겁니다. 어떻습니까?"

"좋습니다. 저도 무척 기대됩니다. 세계를 상대하는 세이렌이라니."

"하하하하하하~. 자, 오늘은 이만 마치고 친구를 만난 기념으로 파티를 열어 볼까요?"

"파티요?"

"파티 좋아하십니까?"

"좋아합니다."

"그럼 가시죠. 안 그래도 준비해 놨습니다."

일은 바쁘게 흘러갔다.

정복기는 미국을 오가며 출원한 품목에 신규 개발한 기술을 추가하였고 1,800MHz 대역에는 보안 체계까지 잡아 기간산업 통신망에서 활용해도 되게끔 만들어 놓았다.

이로써 복기-1로 명명된 특허는 특별한 장치(변압기에서 힌트를 따옴)와 인증 절차의 교차로 900MHz 대역에서 1,800MHz 대역으로 넘어가는 상호 호환이 가능해졌다.

당연히 오래 쓸 건 아니었다.

언뜻 좋아 보여도 상호 호환되려면 기기 뒤에 두꺼운 장치를 붙여야 했고 무엇보다 무겁고 불편하였다. 유사시 무기로 써도 될 만큼.

이 모든 아쉬움을 한 방에 해결해 줄 기술은 역시 CDMA밖에 없었다.

결국 그쪽으로 가는 게 맞다는 것.

나는 정복기에게 1,800MHz 대역에서 활용했던 암호화 기술을 더욱 발전시킬 것을 주문했다. 보안 전문가를 부르든 그 전문가의 할아버지를 부르든 무조건 오필승만의 체계를 만들라고 했다.

이렇게 내가 온통 무선 통신에 빠져 있을 때 김연이 찾아왔다.

"요즘 많이 바쁘십니다."

"재밌는 게 눈에 띄어서요. 무슨 일 있나요?"

"박미견을 찾았습니다."

"아! 그래요?"

"총괄님, 조금 서운합니다."

그리 서운한 표정은 아니었지만 지난 3월 미국에서 돌아온 후로 한 번도 들여다보지 않았으니 말이 나올 만했다.

"죄송해요."

"아닙니다. 무슨 말씀을 그렇게 하십니까. 갑자기 음반은 거들떠보지도 않으시길래 무슨 큰일이 있는 줄 알았죠."

물론 이 말도 허투루 들어선 안 된다.

균열은 이런 데서 발생하는 거니까.

에이, 모르겠다.

너도 알고는 있어라.

"사실은 정복기 대표님이 지금 아주 큰 프로젝트를 맡고 계세요. 이게 어떤 일이냐면요…….."

미주알고주알.

대략적인 이야기를 해 줬다.

유럽이 유럽을 통합하는 통신 표준을 만들려는 이때 그에 걸맞은 기술이 우리 손에서 개발됐고 유럽인들과 초를 다투는 싸움이 시작될지도 모르겠다고.

"그래서 요즘 정신이 없었어요. 시기를 놓치면 안 되는 일이라."

"그렇군요. 기술로 유럽과 싸우다니. 저는 몰랐습니다. 그렇게 큰일이라면 총괄님이 반드시 필요하겠습니다."

"정복기 대표님과 연구원들이 기본적으로 엄청난 기술자긴 하지만 만드는 것과 그걸 옳게 활용하는 건 다른 차원이잖아요. 그래서 계속 붙어 있어야 했죠. 아, 그래서 박미견은 어떻게 됐나요?"

"만나 봤더니 친한 몇몇이랑 음반 작업을 하고 있더라고요. 앨범도 어느 정도 윤곽이 나온 상태였습니다."

"그래요?"

"희한하게도 다른 회사와 계약을 하지 않았습니다. 앨범을 만들고 찾아갈 작정이었나 봅니다."

김연은 담담히 말했으나 일반적이지 않았다.

보통은 회사와 계약하고 앨범 작업을 하기 마련.

"왜 그랬죠?"

"작년 말에 이미 들어왔었더라고요. 노래 실력이야 정평이나 있고 하와이에서도 음악을 놓지 않고 음악 대학을 다니며 실력이 좋아졌는데, 몇몇 군데와 접촉했다가 크게 데인 모양입니다. 이후론 클럽에서 흑인 음악을 부르며 생활비를 벌었고 그래서 어렵게 찾은 겁니다."

"만나 봤더니 앨범 작업 중이었고요?"

"예."

"지금 어디에 있죠?"

"며칠 있다가 찾아오겠답니다. 이왕 시작한 앨범. 조금 더 다듬어서 가져오겠다고요. 다른 사람도 아니고 페이트가 부르지 않습니까."

"좋아했나 보네요."

"그럼요. 오필승인데요."

"예, 우리는 오필승이죠."

며칠 후에 박미견이 찾아왔다.

리즈 시절의 박미견이라.

'완전히 무대를 뒤집어 놓으셨다' 같은 영혼 없는 국어책 리액션을 날리던 때와는 전혀 다른 모습이었다. 잔뜩 치장했어도 내 눈엔 청순한 면이 더 많이 보였다.

간단한 인사와 함께 가져온 녹음본을 틀었다.

내 기억으로도 박미견은 클럽에서 노래 부르다 김창한에게 픽업, 본격적인 가수 생활에 들었다. 본디 이런 생활을 1년 정도 더 하게 되는데 김연을 만나며 운명이 틀어진 것이라.

"……."

역시나 들을 만한 곡이 없었다.

녹음도 어디 녹음실에서 맞춘 게 아니라 자기들끼리 연주하고 노래하고 카세트 플레이어에서 녹음한 것.

돌아가는 카세트 플레이어를 보는데 문득 조용길과의 첫 만남이 떠올랐다.

나도 이렇게 녹음해서 각 기획사에 뿌렸다.

'원장님은 잘 계신가? 니나 피아노 교습소라고 했는데.'

입으로 불러 주는 걸 피아노 연주로 승화시켜 준 사람.

돌이켜 보면 단 5만 원으로 믿을 수 없을 만큼 거대한 파급력을 일으킨 것이다.

툭 던진 나와 그걸 알아본 조용길.

그가 우리 집까지 찾아오지 않았다면 내 삶은 조금 더 단조로우면서도 더 더러운 꼴을 봐야 했을 테고 그런 면에서 박미견에게 동질감을 느꼈다.

준비한 노래가 끝났다.

조신하게 앉은 그녀.

긴장한 기색이 역력하다.

그러나 판결은 언제나 냉정한 법.

"쓸 만한 건 없네요."

"예? 아, 예."

기가 팍 죽는다.

이 시점 난 대한민국에서도 입지전적인 인물이었다.

나와 대중음악으로 대등할 사람이 없었고 내 말은 곧 대한민국 음악계의 법이나 마찬가지.

물론 이 위세가 무너지길 기원하는 몇몇은 어딘가에 있겠지만.

모르겠다.

그들이 너무 과한 걸 고대하는 건 아닌지.

"그래도 열정은 보이네요. 한 곡 한 곡 잔뜩 힘을 준 걸 보면 하고자 하는 의지가 충만해 보여요."

"······예."

"누나는 가수가 되고 싶어요?"

"······예."

"그럼 가수가 돼야죠. 재능은 충분해요. 걸맞은 곡을 못 만났을 뿐."

"예?"

놀란다.

"계약해요. 가져온 곡에 몇 곡 더 보태 앨범 만들어 보자고요."

"정말이에요?"

주먹을 꼬옥.

당장에라도 소리 지를 것 같았다.

"소리치면 안 돼요."

"아, 아예. 죄송합니다."

"실장님, 진행시키죠. 박미견 1집. 이 상태로 곡의 분위기를 더 살려 보죠."

"다소 무거운 컨셉이긴 한데. 이런 앨범도 있어야겠죠?"

"사운드라도 더 손봐 줬으면 좋겠어요. 적임자로······ 누가 있나요?"

"일단 위대한 탄생에 의뢰해 보겠습니다."

"그렇게 하죠."

이렇게 박미견은 오필승의 식구가 되었다.

재밌는 건 박미견을 잡았더니 천성인이 딸려 왔다.

그룹 노이즌의 천재 작곡가로 '너에게 원한 건'을 불렀던 사람. 본명은 천성길인데 박미견과 친한지 스스럼없었고 손을 내밀자 웬 떡이냐며 잡았다. 이렇게 노이즌도 내 것이 되려나?

생각지도 못한 행운에 웃을 때 김연이 곤란한 표정으로 찾아왔다.

저런 표정 오랜만이었다.

"무슨 일 있어요?"

"저기……."

"……."

"문셈이가 다시 오고 싶다고 찾아왔었습니다."

"문셈이 형이요?"

"예."

정규 5집 '가로수 그늘 아래 서면'을 끝으로 오필승을 떠났던 사람.

기고만장이 못 봐줄 정도라 쌈짓돈 5억에 팔아넘겼는데.

얼씨구나 좋다고 받은 기획사에서 앨범을 냈다는 소식까진 들었다.

"여느 때와 같이 50만 장 선주문으로 시작했다가 반품이 터져 폭삭 망했다고 합니다. 이걸 웃어야 할지 울어야 할지."

김연이 웃는다.

급히 감추지만 분명 웃었다.

"실장님한테까지 찾아온 걸 보면 느낌상 이영운 작곡가도 만난 모양이네요."

"맞습니다. 허락받았다고 사정을 하더군요."

"우리 작곡가님은 사람이 참~ 좋아요. 자길 괴롭힌 사람을
또 받아 준 걸 보면."

"받아 주실 생각이십니까?"

"설마요."

"그럼……?"

"영~ 불쌍하면 곡이나 주라고 하세요. 우리 오필승에서 그
가 노래할 날은 없을 겁니다."

아깝잖나.

'옛사랑'이 묻히는 건.

누가 잡든 이문셈이 이영운과 만났다고 하면 최소한 폭망
은 안 할 것이니 됐다.

"관대하시네요. 알겠습니다. 그리 처리하……."

그때 문이 벌컥 열리며 사색이 된 정은희가 들어왔다.

오늘 왜 이러는지.

"총괄님……."

나도 일어났다.

"무슨 일 있어요? 왜 그래요?"

"저기 헌철 씨가 교통사고를 당했다고 해요."

김헌철?

"연습하다가 돌아가는 길에 차에 치였다고."

"어딘데요?!"

"저기 신촌 세브란스로……."

달려갔다.

백은호가 눈치도 좋게 차를 대령했고 김연과 얼른 올라탔다.

도착했더니 응급실에 김헌철이 없었다.

교통사고라고 했는데.

문의해 보니 사안이 위중해 수술실로 들어갔다고.

뇌출혈이 의심된다고.

"하아……."

"어떡합니까."

성황리에 1집 활동을 마친 김헌철은 이번 여름 작게나마 콘서트를 준비하고 있었다.

좋아서 싱글벙글했는데.

내 실수였다.

이즈음 교통사고를 당한다는 걸 기억하고 있었음에도 무선 통신에 홀려 돌아보지 못했다.

"……."

자책하며 앉아 있으니 가족으로 보이는 사람들이 우르르 몰려왔고 의사의 설명을 듣고는 주저앉았다.

소개가 이어졌고.

너무나도 불편한 자리였다.

그래도 지은 죄가 있어 김헌철 어머니의 원망스러운 눈초리를 견디길 몇 시간.

의사가 나오며 다행히 수술은 성공적이라는 말을 남겼다.

죽지 않을 것은 알고 있었지만.

어찌나 기쁘던지.

인요환에게 찾아가서 한 번씩 들여다봐 달라고 부탁까지 했다.

돌아오는 길.

"괜찮으십니까?"

"예."

"오늘은 쉬시죠."

"……그럴까요?"

차를 돌려 집으로 향했다.

피곤한 몸을 이끌고 들어갔더니 할머니가 행복한 표정으로 나를 반겼다.

"왔나?"

"예."

얼른 손발 씻고 누울까만 생각하고 있었는데 대뜸.

"대운이 니 기억나나?"

"예?"

"준형이."

"준형이요?"

누구지?

"미애 아줌마 아들. 니 까먹었나?"

"미애 아줌마요?"

"그래."

"미애 아줌마는 기억하죠."

우리가 처음 이곳 아파트로 이사 왔을 때 만난 새댁이었다.

그때 기저귀 갈던 것 때문에 기저귀 특허도 낼 수 있……

"어! 설마 그 아기요?"

"맞다! 준형이가 내년에 국민학교 들어간다 카더라."

"아아~."

"그 쪼매난 기 벌써 그렇게 커서 뛰어다니는데. 내 참말로 하하하하하하."

그 아기가 국민학교 들어갈 때가 됐다고?

가끔 오가며 할머니랑 교류하고 있다는 얘기는 들었는데.

가만.

내가 지금 기저귀로 얼마를 벌지?

며칠 전에 로열티가 거의 3억 달러에 육박했다고 들었는데. 올 말이면 돌파할 거라고.

87년 초에 계약을 맺었으니 92년 초까지 독점이라.

독점 계약이 풀린다면 로열티는 3%로 줄어드나 P&G가 있었다. 더 많은 돈을 벌 것이다.

이 정도면 후원자가 돼 줄 명분은 충분하지 않을까?

체크 사항이었다.

갑자기 정신이 환기되는 기분이 들었다. 김헌철의 사고로 받았던 암울이 걷히는 느낌.

나쁜 일이 있다면 좋은 일도 온다는 듯 저녁에는 또 한 번의 낭보가 전해졌다.

[접니다.]

정홍식이었다.

목소리를 듣는 순간 알았으나 무슨 일인지 갈피를 잡지 못했다.

혹시 무선 통신 특허에 문제가 있는 건가?

[스타번스와 정식 계약을 맺었습니다.]

"아! 그래요?"

이건 무조건 좋은 소식.

[총괄님의 조언이 제대로 먹히더군요.]

협상 자리에서 1억 달러를 불렀다고 한다.

하워드 슐츠은 얼어 버렸고 이내 자기와 DG 인베스트 간의 포지션 차이를 절감했다고.

겸손해졌고 총 1천만 달러에 우호 지분 30%를 획득할 수 있었고 한국 진출에 관한 한 배타적 독점권까지 얻었다고 하였다.

한국에서만큼은 스타번스 브랜드를 마음대로 써도 된다는 것. 물건은 당연히 스타번스에서 조달하는 조건으로.

"최상의 결과네요."

[돈을 1천만 달러나 썼는데. 당연한 결과입니다.]

"그래도 대표님이 하셨으니까 이 정도로 가져올 수 있었죠. 고생 많으셨어요."

[뭘요. 안 그래도 휘청이던 때였습니다. 저는 그저 거들었을 뿐이죠.]

소송 중이었다고 한다.

그 소송이 최악으로 치달을 때 세이프 세트가 결정적인 역할을 해 줬다고.

[여섯 개 매장에 뿌렸는데. 사용한 매장은 달랑 하나뿐이었더라고요. 소송 중에 그 여섯 매장 중 네 곳의 매니저가 이직하러 나가 버렸고 위태롭던 때였습니다. 슐츤 대표는 그 네 명에게 손해 배상 청구 소송을 걸겠다고 하더군요. 세이프 세트가 있었음에도 버렸고 그 일로 인해 스타번스는 이미지에 심각한 타격을 입었다고요.]

"반응이 느렸던 이유가 있었네요. 하여튼 어디에서나 놀자들이 껴서 힘들게 해요."

[세이프가드 독점 사용권도 계약을 맺었습니다. 5년간 매출의 5%. 독점이 풀리면 3%. 늘 하던 식으로요.]

"잘됐네요. 이제 키우기만 하면 되겠어요."

[나름 조사를 했던지. 우리의 자금력에 대한 의심은 없었습니다. 슐츤 대표는 앞으로 지금과 같은 관계를 유지했으면 좋겠다는 말을 했고요.]

"나이스예요. 정말 좋은 소식이에요."

더 물어보고 싶은 게 많았으나 국제 통화였다. 전화비가 으으으.

분기별로 수억 달러씩 버는 사람치고 너무한 거 아니냐는 비아냥이 있을 수도 있지만 아까운 건 아깝다. 괜히 내 돈으로 우산 사고 휴지 사면 그렇듯.

이미 충분히 기뻤다. 한국에 돌아오면 더 자세히 얘기하자며 끊으려 했다. 그런데 용건이 더 있었다.

[아 참, 그것보다 더 놀라운 소식도 있습니다.]

"놀라운 소식이요?"

[복기-1 말입니다.]

"……?"

[우리가 특허 출원을 하고 나서 이와 비슷한 출원 건이 줄줄이 들어온다고 합니다. 특히 일본에서요.]

"예?"

유럽이 아니라 일본이라니.

뜬금없었지만 무선 통신에 관한 연구는 일본도 만만치 않게 빨랐다. 유럽이 통신 표준을 완료하고 1991년 상용화를 시도할 때 일본도 같은 시기 TDMA 방식의 독자적 표준인 PDC 서비스를 개시했다.

하지만 이젠 오필승에 의해 다 틀어져 버린 것.

"그래서 어떻게 되고 있어요?"

[현재까지 들어온 건 오로지 개념도뿐이라 실제로 적용해 통화 시연까지 한 사례는 우리밖에 없습니다. 네트워크 구조, 주파수, 음성 코덱, ID 모듈 등 거의 엇비슷하여 다들 반려되고 있고요.]

"다행이네요. 유럽은 반응이 있었나요?"

[다들 놀라워했습니다. 유럽의 통신 회사도 아니고 한국의 기업이 갑자기 등장했으니까요. 통화 시연회에는 유럽 통신 표준 연구소 소속 인물이 나오기도 했고요.]

"정말요?"

[900MHz와 1,800MHz를 마음대로 오가는 호환성에 입을 떡 벌렸습니다. 300m가량 떨어진 곳에서 시도한 통화도 성공했습니다. 중요한 데이터 이동도 초당 9,600bit를 안정적으로 수행하는 걸 보고 믿을 수가 없다는 말을 쏟아 냈습니다. 아무래도 좋은 소식이 들릴 것 같습니다. 우린 완성품이지 않습니까. 더구나 1,800MHz 대역에서는 특수 보안을 위한 암호화 모듈도 있고요. 그럼에도 또 계속 보강이 이뤄지고 있으니까요.]

"으음……."

[정복기 대표가 아주 굉장한 사람입니다. 88년에 출원한 디지털 멀티플렉싱 기술을 시작으로 주파수 대역 무선 통신에 시분할 무선 통신까지 넘어온 개발 속도를 보곤 자기들은 도무지 이해할 수 없다고 했습니다. 대천재가 아니냐고요.]

"천재 맞아요. 본인은 몰라서 그렇지."

[그런가요?]

"예."

[제 생각이지만, 그것도 따져 보면 전부 총괄님 때문인 것 같습니다.]

"예?"

[김연 실장도 그렇고 정복기 대표도 그렇고 주변 인물 전부가 하나같이 범상찮음에도 뛰어남을 못 느낀다는 건 곁에 있는 총괄님이 너무 언터처블이라 그런 게 아니겠습니까?]

"갑자기 왜 이러세요."

[돌이켜 봐도 그렇습니다. 지금껏 총괄님이 손대서 안 되는 일이 없었지 않습니까? 음악만 잘하시는 줄 알았는데. 주식도 하시고 특허에, 사업 수완에, 유럽을 휩쓰는 파워스를 보십시오. 더구나 이젠 무슨 통신 기술까지 아우릅니다. 세상에 누가 이만한 업적을 이뤘습니까. 아부가 아닙니다. 현실입니다. 총괄님 덕에 가슴이 너무 뿌듯해서 드리는 말씀이니 너무 민망하게 생각하지는 마시고요.]

"좋게 봐줘서 감사해요. 하지만 전 그리 뛰어나다 생각하지 않아요. 아직 어리고 겨우 중학생이잖아요."

[총괄님.]

"예?"

[방금 그 말씀. 남들이 들으면 망언 격입니다. 겸손이 너무

지나쳐도 눈살을 찌푸리게 할 수 있지 않을까요?]

농담이었다.

나도 받았다.

"아아, 그런가요? 알았어요. 알았어요. 조금은 더 건방져질 게요."

[예, 그게 좋겠습니다. 조금은 더 당당해진 총괄님은 기대하겠습니다. 그럼 늦었는데. 저는 이만 들어가 보겠습니다.]

"감사해요. 좋은 하루 보내세요."

[예, 감사합니다.]

마치 김헌철의 사고는 액땜이었다는 듯 일이 잘 풀려도 너무 잘 풀렸다.

이러다 또 무슨 일이 생기는 게 아닌지 걱정이 될 정도로.

그래서 얼른 자리 깔고 누웠다.

이럴 땐 잡념에 휘둘리느니 5분이라도 더 자는 게 현명했다.

그렇게 다음 날이 밝았다.

여느 때와 같이 학교로 출근.

신록의 꿈이 무럭무럭 성장하는 교정은 대한민국의 내일을 책임질 인재 육성을 위해 오늘도 열심히 계획된 길을 가건만.

늘 그렇듯 인생사는 계획대로만 가지 않았다.

하필 우리 학교는 남중이었다.

육체가 2차 성징을 겪음에 따라 스스로 가진 힘을 인식하고 한창 허세에 쩔어 가는 애송이들의 천국.

반별로 서열 정리는 기본이었고 어느새 누가 대체 우리 학교 캡인지에 대한 설왕설래가 오갔다.

후보 중에는 한태국도 끼어 있었다.

오자마자 한 달도 안 돼 1반을 휘어잡은 캡짱.

반론은 없었다. 대다수가 반포 국민학교 출신이라 그런지 1학년 캡으로 한태국을 꼽기에 주저함이 없었지만 언제나 그렇듯 반발하거나 도전해 오는 강자는 있었다.

"대운아."

"응?"

"6반 놈이 이따가 보자는데. 한판 붙자고."

건들거린다.

애도 한창 허세에 쩔었다.

"그래?"

"너도 갈래?"

"내가 왜?"

"네가 제일 세잖아. 이참에 밖으로 나오는 게 어때?"

나도 그 세계에 끼라고?

미쳤나?

"아니야. 네가 제일 세다고 해. 네가 캡짱해."

"또 숨는다."

잔뜩 실망한 표정.

날 데려가려던 이유에 어떤 의도가 숨겨져 있었던 모양이다.

"태국아."

"왜?"

"나는 싸우면 안 돼. 몰라?"

"그야…… 알긴 아는데. 별것도 아닌 것들이 깝죽대니까 손봐 주려는 거지. 너도 편하게 살고 싶지 않아?"

"그래도 난 안 돼. 나는 지켜보는 눈이 많다고."

"하긴…… 네가 싸우면 신문에 실릴지도 모르겠다."

그 정도가 아니란다.

사안에 따라 대통령이 움직일 수도 있어.

"그러니까 나는 무조건 피해야 해. 누가 시비 걸든."

"쩝, 억울하겠네. 한주먹 거리도 안 되는 놈이 까불면."

"그래서 네 곁에 붙어 있잖아."

"알았다. 알았어. 내가 다 처리할게. 아유~ 사람들은 알까 몰라. 이렇게 얌전 떠는 놈이 대련할 때마다 나를 죽사발로 만드는 거."

"덕분에 너도 꽤 강해졌잖아."

"하긴…… 이젠 어지간한 놈들 주먹은 맞아도 아프지도 않아."

"조심하고."

"알았쓰. 5분 안에 끝내고 올게. 어딜 감히 이 한태국 님에게 덤벼. 죽을라고. 3학년이 도전해도 눈에 차지 않는데."

목을 우두둑 우두둑.

팔을 빙빙 돌리며 나가는 한태국을 보는데.

6반 놈이 어떤 놈인지 참으로 불쌍하게 여겨졌다.

한태국이 비록 나한테는 얻어맞긴 하나 어설픈 애들 몇 명이 덤빈들 당해 낼 수 있는 상대가 아니었다. 아니, 나조차도 하루하루가 달랐다. 어쩔 땐 내 주먹도 튕겨 내서 놀란 게 한두 번이 아닌데.

피지컬로는 단연 반포 중학교 최강.

더 자란다면 대한민국 최강이 될 것이다.

"적당히 두들겨라. 너무 다치게 하면 엄마들 쫓아온다."

그런데 너무 가볍게 생각했던가?

다음 날이 돼 학교에 온 한태국의 얼굴엔 반창고가 잔뜩 붙어 있었다.

깜짝 놀랐다.

무난히 이길 거라 봤는데 상대가 이 정도로 강했던가?

반 걱정 반 놀림 격으로 물어봤다.

"너 얼굴이 왜 그래? 신나게 처맞은 것처럼."

"아씨, 비겁한 새끼가……."

일대일인 줄 알고 갔더란다. 셋이 더 있길래 관전하려는 줄로 알고 바로 시작했더니 넷이서 다구리 치더란다.

처음엔 당황해 몇 대 맞았는데 다구리 친다 한들 그까짓 놈들에게 당할 성싶냐며 오히려 큰소리를 쳤다.

이때까지도 난 별일 아니라고 생각했다.

이도 경험이라 살다 보면 정정당당한 상대만 만나는 게 아니니 그럴 수도 있고 또 다음부터라도 어느 정도 최악을 대비하면 됐으니 괜찮다고만 봤다. 안이하게.

하지만 상대는 훨씬 더 간악했다.

며칠이 지나지 않아 학교가 발칵 뒤집혔고 아홉 명이 병원행을 하였다.

거기엔 한태국도 끼어 있었고 연락을 받자마자 무슨 일인가 하여 달려갔다.

"대운이 왔구나."

"이게 어떻게 된 일이에요?"

"모르겠다야. 네가 가서 물어봐라."

태국이 아버지인 관장님은 고개를 절레절레.

병실에 들어갔더니 한태국이 머리에 핏물이 밴 붕대를 잔뜩 감고 누워 있었다.

스윽 훑는데.

다른 곳은 찰과상 정도.

머리를 가장 크게 다쳤다.

"왔냐."

"어떻게 된 거냐?"

"개새끼들한테 당했지 뭐."

자초지종을 들었다.

학교 끝나서 집으러 가려는데 며칠 전 싸웠던 6반 놈이 오더란다. 잠깐만 보자고.

혼자 왔고 또 얌전하길래 따라갔더니 폐쇄된 소각장에 데려가더라고. 순간 열 몇 명이 둘러싸는데 그중엔 3학년도 있었고 그때부터 툭툭 건들며 온갖 위협에…… 이런 것에 눌릴 한태국이 아닌지라 결국 싸웠고 난리가 나자 선생님 출동, 일파만파 커진 거라고.

"자기들 뒤에는 고등학생 형들도 있고 조직도 있다고 우릴 건드렸으니 너는 끝장이라고 그러잖아. 그냥 참으려 했는데 우리 집에다 불을 지른다 그러고 비겁한 새끼들이 마대자루를 휘두르더라고. 그건 어떻게든 피했는데 뒤에서 짱돌로 찍은 새끼 때문에 이 꼴이 됐다. 퇴원만 하면 다 찾아가서 죽여버릴 거야."

"어휴~."

아슬아슬하였다.

잘못 찍혔으면 큰 부상이 날 뻔했는데 이만한 게 천만다행이다.

'아무래도 몰려다니는 놈들에게 얽힌 모양이네.'

더럽게 꼬였다.

그런 놈들 특성상 어지간해선 반성이 없다. 자기네들끼리 자기들만의 세계에 살며 나머지는 다 등신인 줄 아는 놈들.

어설프게 건드렸다간 꼬리에 꼬리를 물다 별꼴을 다 보게 된다.

게다가 십수 명이라 했다. 규모도 어지간히 큰 것.

'내가 순진했나 봐. 내가 다녔던 중학교도 이 꼴이었는데.'

캡짱 쟁탈전을 단순히 청춘이라 생각했다니.

너무 낭만적이었다.

라인이 라인에 걸쳐 대를 잇는 걸 떠올리지 못했다.

그때 바깥에서 소란이 일었다.

"여기에 그 깡패 놈이 있다는 거야?!"

"당신들 누구요?"

"당신이 그 깡패 놈 아비요?"

"이 사람들이 다짜고짜 찾아와서 이게 무슨 행패야?!"

어쩌고저쩌고 시끄럽게 굴더니 문이 확 열리며 대여섯에 달하는 아주머니들이 우르르 몰려들어 왔다.

그중 하마같이 생긴 아줌마 하나가 멈추지도 않고 한태국에게 접근해서는 뺨부터 날렸다.

짝!

나도 한태국도 순간 어이가 없어 멍했다.

"잘 걸렸다. 이 깡패 놈. 네가 감히 우리 정태를 때려?!"

"이게 뭐 하는 짓이야?!"

다시 뺨을 후리려는 하마 아주머니 뒤에서 호통이 터졌고.

기세등등하던 하마 아주머니의 고개가 확 뒤로 젖혀지는 게 보였다. 태국이 어머니가 머리채를 잡고 있었다.

"이년이 감히 누굴 때려?!"

"아아악!"

분격한 태국이 엄마는 상상 이상이었다.

상당한 무게감의 아주머니였는데도 단번에 끌어당겼고 질질 끌려 나가자마자 짝짝! 찰진 소리가, 주변 사람들이 말리는 소리에, 결국 경찰까지 쫓아왔다.

경찰이 와도 옥신각신.

전부 경찰서로 갔다.

난데없이 봉변을 당한 한태국은 자기 뺨을 어루만졌고 나도 더는 가만히 있을 수 없어 일어났다.

"어디 가려고?"

"경찰서에. 무슨 일이 있는지는 알아야겠어."

"대운아."

"느낌이 안 좋아서 그래. 그 아줌마 보지도 않고 뺨부터 때렸잖아."

"......"

"아무리 더러워도 머리 붕대 감고 누워 있는 환자 뺨 날리는 경우는 없거든. 아무래도 가 봐야 할 것 같아."

"......"

"기다리고 있어라. 금방 갔다 올게."

백은호와 서초경찰서로 갔다.

경찰서도 소란스러웠다.

목소리 크면 이기는 줄 아는지 아주머니 여섯이서 태국이 부모님을 공격하는데 형사들이 말려도 소용없었다.

조용히 지켜봤다.

점점 가관.

처음엔 공정을 기하려던 경찰들도 어디에서 전화를 받고는 태국이 부모님을 압박하기 시작했다.

"이거 이러면 아드님에게도 좋지 않습니다. 아홉 명이 입원한 사건이에요."

"그게 어째서요? 그럼 형사님은 십수 명이 달려드는데 가만히 맞고만 계실 겁니까?!"

"그런 말이 아니잖아요."

"그런 말이잖아요. 우리더러 숙이고 사과하라고."

"제가 언제 그런 말을 했습니까?"

"뉘앙스가 그러잖아요. 대체 우리가 왜 숙여야 해요? 우리 아들이 뭘 잘못했다는 거예요?!"

형사 앞에서도 태국이 어머니는 시종일관 당당했다.

시끄럽게 구는 아주머니들을 째려봐 주었고 여차하면 달려들 것처럼 으르렁댔다.

담당 형사가 쩔쩔매자 결국 더 높은 사람이 나왔다.

"얘기는 다 들었는데. 일을 키우면 다 교도소에 가야 합니다. 법이 바뀌었어요. 얼마 전에는 무인도에 위리안치되기도 했고요. 아드님들 인생을 이렇게 망치실 겁니까?"

"자꾸 우리한테만 그런 말을 하는데. 그건 저쪽에 가서 할 말이 아닌가요?"

"누구한테 먼저 하든 무슨 상관입니까?"

"무슨 상관이냐뇨. 그게 무슨 말도 안 되는 소리예요?! 자꾸 이러시면 우리도 가만히 안 있습니다."

"허허허, 이 아주머니가 큰일 낼 사람이네. 지금 형사를 협박하는 겁니까?"

"내가 언제 협박했어요? 공정하게 해 달라는 거 아니에요! 왜 저쪽엔 한 번도 묻지 않는 건데요? 그리고 잘못은 저쪽이 했지, 우리가 한 게 아니잖아요."

"아주머니!"

탕.

책상을 치는 형사였다.

"이 아주머니가 정말! 여자라서 곱게 곱게 해 주려고 했더니 뭐가 어째?!"

"어이, 말조심해라. 너 같은 새끼가 함부로 굴 여자가 아니다."

여태 가만히만 있던 관장님도 나섰다.

"가만히 안 있으면 어쩔 건데?!"

"내가 무인도 가는 한이 있더라도 너는 평생 기어 다니게 만들어 줄 거니까. 형사면 형사답게 굴어."

"이것들이 아주 웃기네. 부부가 다 깡패 아냐. 집안 꼴 잘~ 돌아간다. 그러니까 애새끼가 사방에서 애들이나 때리고 다니지."

"뭐라고?!"

"당신 아들 이력이 아주 화려하더구만. 애들 때려서 교무실에 불려 간 것만 이미 교도소행이야."

"이 자식이 정말!"

"왜? 치려고? 경찰서에서 형사를 치려고?!"

쩌렁쩌렁.

관심 없이 자기 일 하던 사람들마저 고개를 들 정도라.

터져 나오는 헛웃음을 참고 밖으로 나왔다.

백은호가 고개를 갸웃, 어째서 돕지 않는지 의문스러운 눈으로 봤다. 일본에서의 에피소드 이후 같이 운동한 터라 백은호도 이 일이 남 일 같지 않은 모양이었다.

공중전화로 갔다.

강희철이 필요할 때다.

"사무실에 계세요? 예, 제가 지금 서초경찰서에 와 있거든요. 일이 있냐고요? 아니요. 제 일은 아니에요. 내려오신다고요? 아니요. 그것보다 1층에서 아주 웃긴 일이 벌어지고 있네요. 형사가 갑자기 돌변해 피해자를 윽박질러요. 피의자 쪽이 생각보다 강한가 봐요. 경찰서가 왜 이 꼴이죠? 확인하시겠다고요?"

웃어 줬다.

"그 전에, 일단 저는 시작하면 끝을 봐야 해요. 하실 수 있으세요? 예예, 추적해 올라가다 보면 고등학생도 나올 거고 그 위로 또 누군가 나오겠죠? 부모들도 마찬가지고요. 바빠지실지도 몰라요."

걱정 말라는 답이 왔다.

"일이 커질 거예요. 언론에도 보도될 거고요. 걱정 말라고요? 죄가 있다면 누구든 못 피해 갈 거라고요? 그런가요? 형사끼리 아주 짝짜꿍 돼 놀던데. 영~ 믿음이 안 가네. 아니라고요? 예, 알겠어요. 한번 믿어 볼게요. 나중에 또 통화해요."

끊자마자 나우현에게 전화했다.

"예, 저예요. 당분간 강 경정님과 다닐 수 있으세요? 서초경찰서예요. 1시간 후에 출발하겠다고요? 알았어요. 나중에 통화해요."

백은호 입가에 살짝 맺힌 미소를 확인한 나는 강희철이 1층으로 내려오는 걸 보고서야 서초경찰서를 빠져나왔다.

다음 날 등교한 학교도 시끄러웠다.

징계 위원회가 열렸다는 소식이 들렸고 여간해서는 표정이 없는 담임마저 씩씩대는 모습에 상대가 학교에도 손을 써 놨음을 깨달았다.

병문안을 갔다.

한태국과 둘이 있는데 얼마 지나지 않아 강희철과 나우현이 병실로 들어왔다.

한태국은 강희철을 알아봤다. 나랑 친해진 이후 자주 봤으니까.

"어, 아저씨."

"이 녀석아, 많이 아프냐?"

태국이 부모님은 어리둥절.

어제의 억울함을 한 방에 해결해 준 형사과장과 아들이 아는 사이라니.

강희철은 한태국에 씨익 웃어 준 뒤 상황에 대해 설명했다.

"일단은, 태국이에게 좋지 않은 쪽으로 흘러가고 있습니다. 모두가 말을 맞췄는지 그날의 일을 자기 유리한 쪽으로 설명하더라고요. 또 이 녀석이 그간 주먹 쓴 일이 불리하게 작용하고 있고요. 태국이 뺨을 때린 것도 이쪽 주장에 불과하다는 얘기가 나오고요."

"예?! 우리가 두 눈으로 봤는데 그딴 소리를 해요?"

"다들 못 봤다고 주장하죠. 대신 태국이 어머니께서 폭력을 쓰신 건 제삼자까지 다 봤고요."

"아니, 어떻게 이런 일이 있을 수 있습니까?! 이렇게 누워 있는 애를 때린 거로 모자라 십수 명이 조직적으로 덤빈 사건이잖아요!"

태국이 아버지가 들썩들썩.

"자자, 흥분하지 마시고. 그래서 제가 서두에 '일단은'이라고 했잖습니까."

"맞아, 여보. 잠시 흥분을 가라앉혀 봐. 지금 형사과장님께서 얘기하고 계시잖아."

"아……. 커흠흠, 죄송합니다. 너무 어이가 없다 보니 제가 흥분했습니다."

"아닙니다. 누구라도 흥분할 일이죠. 자식 일인데요. 아참, 그 형사 놈들도 이 일이 끝난 후 불이익을 받을 겁니다. 해직 처리하면 참 좋은데 거기까진 못 갈 것 같고요. 강원도 삼척 쪽에 자리가 있다던데……."

"예?!"

"그냥 그렇다는 겁니다. 냄새가 진하게 나거든요. 하나하나 파다 보면 꽤 깊은 곳까지 도달할 것 같네요."

"그렇습니까? 그렇다면 다행……. 근데 상대도 보통내기가 아닌 것 같던데. 형사님은 괜찮으십니까?"

"하하하하, 이제 제 걱정을 해 주시는 겁니까?"

"그게……."

"괜찮습니다. 제아무리 높은 빽이 있다 한들 제가 아는 빽보다 높을까요? 그런 건 걱정하지 마십시오. 제가 오늘 온 이유는 이 사건이 조금 유명해질 거라는 걸 미리 알려 드리기 위함입니다. 여기 이분은 중간일보 기자시거든요. 이분이 맡아 보도할 겁니다."

"아~ 예, 기자님이시군요. 만나서 반갑습니다."

"나우현입니다. 저도 이 사건에 관심이 많으니 걱정하지 마십시오."

"아, 예. 감사합니다."

"다만 하나 걸리는 게 있는데요. 태국이 어머니의 폭력은 어쩔 수 없을 것 같습니다. 모름지기 일은 공정해야 하니까요."

165

"그럼 자식이 맞았는데 어미가 돼서 가만히 있었어야 하는 겁니까?!"

태국이 어머니가 뾰족하게 굴었으나 강희철은 영향받지 않았다.

"증거가 필요합니다. 태국이를 때렸다는 건 정황뿐인데. 어머님의 폭력은 증인이 많아요."

"아, 그건 걱정 마십시오. 태국 학생을 때린 증거는 제가 가지고 있습니다."

백은호가 끼어들었다.

그러나 강희철은 고개를 절레절레.

"관계인의 증언은 효력이 없어요."

"아니요. 영상 증거가 있습니다."

"예?"

강희철의 놀람에 백은호가 날 살짝 본다. 고개를 끄덕여주자.

"원하시면 경찰에 제출하겠습니다. 제가 어제 확인했는데. 빨간 매니큐어를 칠한 손이 휘둘러지는 장면이 정확하게 찍혔습니다."

나는 경황이 없어 카메라를 'on' 하지 못했지만, 밖에서부터 상황을 본 백은호는 일이 심상찮게 돌아가자 'on' 하여 그림을 건졌다.

"그래요?"

"예."

"그렇다면야 이 문제도 매끄럽게 해결되겠군요. 다 됐습니다. 그 영상본은 제출해 주시고요. 며칠만 인내하고 참아 주세요. 아! 그 사람들이 찾아오더라도 절대로 만나지 마시고요. 무슨 지랄을 할지 모르니까요."

강희철과 나우현은 돌아갔고.

나도 학교가 끝나면 매일같이 병실에 들러 한태국 옆을 지켰다.

그렇게 사흘째 되는 날, 처음으로 신문 기사에 올랐다.

【학원가 폭력 사태. 과연 이대로 두는 게 옳은가?】

이걸 시작으로.

【신성한 교정마저도 힘의 논리에 굴복했던가? 이 시대에 양심적인 선생님은 없나?】

【피해자와 피의자가 뒤바뀌다. 대한민국의 정의는 이대로 괜찮은가? 이런 게 과연 교권인가?】

【00중학교 사태. 그 진실을 파헤쳐 본다.】

나우현과 나우현에 동조한 몇 명의 기자가 기사를 쏟아 냈고 강희철은 전화로 내게 그간 파악한 내용을 알려 줬다.

[난리도 아닙니다. 학교는 내부적으로 퇴학까지도 염두에 둔 상황이었더군요. 언론이 떠들기 시작하자 슬그머니 무기정학 쪽으로 가닥을 잡긴 했는데. 퇴원하자마자 징계할 작정이었습니다.]

"그래요?"

[양파도 아니고 까도 까도 끝이 없더군요. 고만고만한 놈들끼리 폭력서클을 이루고 그걸 전통처럼 만들고 있었습니다. 그 연계가 이어져 인근 고등학교에, 결국 강남의 폭력 조직에까지 끈이 닿아 있었습니다. 즉 이 사건은 내일부로 조직폭력 특별법에 의거하여 진행하게 되었습니다.]

"그럴 줄 알았어요."

[사회적 반향이 클 겁니다.]

"일벌백계하시고 이참에 발 잘못 디디면 어떤 꼴을 당하게 되는지 알려 주세요. 청와대도 생각이 있다면 좌시하고 있지만은 않을 겁니다. 아! 그 부모들은 대체 뭐 하는 사람들이에요?"

[교수도 있고 중소기업 사장도 있고 뺨 때린 아주머니는 서울 지검 김 모 부장 검사의 안사람입니다.]

"아아, 검사 사모라 그렇게 대단했네요."

[그럴 수밖에 없겠죠. 수사권과 기소권을 가진 검사라면 피의자와 피해자를 뒤바뀌게 하는 건 일도 아닐 테니까요.]

"그럼 이 일은 그 검사가 사회적 지위를 이용해 겁박한 거로 몰고 가야겠네요."

[몰랐을 확률이 높을 텐데도요?]

"그건 상관없죠. 그 아줌마가 권력을 휘둘렀잖아요. 그 아줌마가 검사 사모가 아니었다면 감히 그럴 수 있었겠어요? 일 처리가 아주 자연스럽던데. 이런 일이 한두 건이 아닐 거예요."

[거의 형사급이신데요. 맞습니다. 안 그래도 이력 조사 중에 폭력 관련 조서를 몇 개나 찾아낼 수 있었습니다.]

"마음껏 날뛰어 주세요. 뒤는 청와대가 알아서 할 거예요."

[예, 그럼 저는 들어가겠습니다.]

"자꾸 불민한 일로 만나서 죄송해요."

[아닙니다. 그런 일 하라고 있는 자리인데요. 얼마든지 불러 주십시오. 총괄님 덕분에 인사 고가에 한 줄 또 추가될 것 같습니다.]

"그런가요?"

[그렇습니다. 하하하하하하.]

Chapter 76

【중학교부터 조직폭력배? 이젠 조직폭력도 조기 교육인가?】

【교육은 대한민국의 미래를 키우는가? 조직폭력배를 키우는가?】

【두려움에 떠는 학생들. 학교에는 눈먼 장님밖에 없나?】

【버젓이 자라나고 있는 조직폭력배 계보도. 국민학교라고 안전할까?】

【피해를 당한 학생과의 인터뷰. 그 참혹한 진실을 말하다】

【특종! 현직 부장 검사 아들, 중학 폭력 조직의 우두머리?】

【가차 없이 휘두르는 폭력 앞에 멍드는 우리 아이들】

신났다.

어디에서 찍었는지 모를 학원 폭력 사진이 게재되며 더욱 큰 반향을 일으켰다.

이 일의 진원지인 서초경찰서 서장은 이번에도 강희철을 앞세우며 기자 브리핑을 했다.

요는 서초경찰서는 전부터 관내 폭력 조직 계보를 조사하고 있었으며 이번 일도 그에 일환으로 접근, 일거에 소탕했다고 자랑하였다.

드러나는 실태도 가감 없었다. 반포 중학교 문제만이 아닌, 인근 중학교, 고등학교 전체가 대상이고 대부분 불법 서클로 활동 중이었다는 얘기에 학부모들의 원성이 하늘을 찔렀다.

사태가 더럽게 돌아가자 한태국네로도 사람들이 많이 찾아왔다. 기자는 당연, 폭력 사태와 관련된 아이들 부모들이 찾아와 합의해 달라고 울어 댔다. 자기들이 잘못했으니 부디 용서해 달라고.

어차피 합의해도 도매금으로 끌려갈 판이었다. 당한 게 많은 태국이 부모님도 상대해 주지 않고 있었는데.

그 부모들이 체육관이고 건물 앞이고 행패를 부려 대 서초경찰서에서 경찰까지 파견, 상주하며 지켜 주게 되었다. 이 과정에서 무기정학으로 징계가 예정돼 있던 한태국은 십수 명이 휘두르는 폭력에도 굴복하지 않고 끝까지 싸운 자랑스러운 학생으로 바뀌어 표창장을 받았다.

표창장을 주며 넌지시 던지는 교장의 말은 부디 언론에 말
좀 잘해 달라는 것이라.

어떻게 하냐고 물어 오는 한태국에 난 이렇게 답해 줄 수밖
에 없었다.

"네 마음대로 해. 원하는 걸 말하면 없는 학칙을 만들어 내
서라도 해 줄 거야."

하지만 한태국이 학교 따위에 원하는 게 있을 리 만무.

원래 퇴학시킬 예정이었다는 걸 알고 있었고 잔뜩 실망한
한태국은 언론과의 인터뷰에서 받은 표창장을 찢어 버리는
퍼포먼스를 보였다.

다시 언론이 불붙었다.

【상장 거래? 학교는 도대체 어디까지 떨어져야 정신을 차
릴 건가?】

【모 중학교 교장. 상장으로 피해 학생과 거래를 시도하다.
이것이 대한민국 교육의 현주소였다】

【퇴학에서 모범 학생 표창장으로의 변천사. 원래 상장은
이런 식으로 주는 것인가?】

【혼란과 거짓에 분노를 터트리는 학생들. 우리 어른은 대
체 무엇을 가르쳐 주려 하는가?】

【전인 교육은 없었다. 88 교육 대책을 발표한 정부는 이제
까지 무엇을 했는가?】

【심층 보도. 우리 사회가 이렇게까지 썩은 이유를 찾아보자】

일이 이쯤 되자 청와대도 가만히 있을 순 없었다.

발칵 뒤집혀 교육청에, 경찰에, 군부대에 명령, 각 시도에 존재하는 모든 학교를 전수 조사하였다.

방식도 동시다발적으로 급습.

학교를 배제하고 군인들이 지키고 경찰이 안내하고 교육청이 직접 나서는 가운데 학생 한 명, 한 명 대면 조사를 하였다.

그 결과를 노태운이 받아 보기에 이른다.

"이게 뭐꼬?"

"지역에 기생하는 폭력 조직과 연관된 학교입니다."

"이, 이게 정말이가?"

"한 명이라도 폭력 조직과 닿아 있다면 모두 올린 자료라 실제로는 훨씬 적긴 합니다."

"그래도…… 겨우 50%만 깨끗하다고? 이기 말이가 방귀가."

"한 명이라도 나오면 적은 것입니다. 불법 서클까지 합하면 숫자는 더 늘어 5% 내외만이 정상으로 돌아갔습니다. 죄송합니다."

"허어……."

한숨을 푹 쉬는 노태운이라.

"내 설마설마했다. 이래 놓고 선생들은 밥이 목구멍으로 처들어간다 카드나?"

"단지 선생들의 문제로 보기엔 어폐가 있었습니다. 조사해 본 바 학교의 인력 수급 문제가 심각하였습니다. 인건비를 줄이려는 건지 선생 한 명당 맡은 학생 수가 과중하였습니다. 교육 과정을 따르는 것만도 벅찰 정도로요."

"이 쉐끼들이 정말! 당장에 인원을 1.5배로 늘리라 캐라. 민간이고 공립이고 안 따르면 지원이고 뭐고 탈탈 털어가 공중분해시킨다 캐라."

"대통령님, 이는 국회 동의를 얻어야 합니다."

"국회 동의? 김영산이랑 김종핀이 불러가 처리해라. 아니, 김영산이한테 맡기라. 그 쉐끼라면 신나서 할 끼다."

"알겠습니다."

"아! 그리고 하는 김에 학교 평가도 다시 하라 캐라."

"학교 평가요? 그건 지금도 교육청에서 합니다."

"그거 말고. 그 쉐끼들이 평가를 제대로 했으면 이 꼴이 났겠나?"

"아⋯⋯."

"학생들한테 직접 받아 오라 캐라. 쓰레기 같은 선생이 있는지. 쓰레기 같은 학칙이 있는지. 1년에 한 번이라도 직접 가서 받아 오라 카라고. 알겠나?!"

화를 내는 노태운이었다.

늘 생글생글 웃는 상이지만 그가 화가 났을 때는 진짜 무서운 걸 아는 신 비서는 즉시 자세를 낮췄다.

"알겠습니다. 그리 시정 조치 내리겠습니다."

"그리고 조직이랑 연관된 놈은 하나 빠짐없이 무인도로 보내라. 불법 서클 만들어 애들 괴롭힌 놈들 다 콩밥 멕이고. 알았나?!"

"옙!"

"아니, 내가 이럴 게 아이다. 기자들 불러라. 내가 직접 브리핑할 끼다."

대통령 특별 담화가 시작됐다.

국가와 사회가 초집중하고 있는 사안이라 국내외 기자들이 잔뜩 몰려왔다.

노태운은 굳은 표정으로 자리에 올라 준비한 내용을 발표했다.

≪……저는 우리의 공동체를 파괴하는 범죄와 폭력에 대해 일절 관용 없이 대할 것을 약속드리며 이 순간을 기점으로 범죄와의 전쟁을 선포합니다. 헌법이 부여한 대통령의 모든 권한을 동원하여 이를 소탕해 나갈 것이며 민주 사회의 기틀을 위협하는 불법과 무질서를 추방할 것입니다. 과소비와 투기 또 퇴폐와 향락을 바로잡아! 일하는 사회, 건강한 사회를 만들어……≫

원역사에서처럼 범죄와의 전쟁이 선포됐다.

다만 전과 다른 건 학교 교육 체계에 대한 대대적인 개편이 동시에 이뤄졌고 이와 관련된 법령 또한 새롭게 반포되었다는 건데.

덕분에 만 18세 학생들에게 선거권을 주는 법안마저 탄력을 받게 됐다.

수장으로 김영산이 낙점, 결단의 칼날을 휘둘렀다.

김영산은 확실했다.

아직까지 철수하지 않은 군부대와 경찰, 교육청 인원을 활용, 학생들에게 직접 물었다. 학교와 선생에 대해서.

물론 그 전에 잘못된 구습을 철폐하고 새로운 교육 체계를 잡기 위한 행동임을 밝혔지만 질문으로 내놓은 내용은 가히 무시무시하였다.

교장은 일을 잘하는가.

한 달에 몇 번이나 얼굴을 마주쳤나.

선생들이 하는 교육의 질은 마음에 드는가.

실력이 부족한 선생은 없나.

부당한 대우, 즉 인신 모욕을 받은 경험이 있는가? 있다면 주로 그런 모욕을 하는 선생은 누군가? 등등.

잘하는 것도 묻긴 했다.

존경할 만한 선생은 있는가? 있다면 그 이유는 무엇이고 이름은 무언가.

학교에 다니며 자랑하고픈 것이 있는가? 소속감을 느낀다면 무엇이 자랑스럽게 하는가? 정도.

김영산이 이렇게 유신 시대를 벗어나지 못한 교육을 때려 잡고 있을 때 전국의 경찰과 군부대는 비상이 떨어졌다.

이제껏 수집한 모든 정보를 공유, 일제 소탕에 들어갔다.

이백 단위의 인원이 총으로 무장, 돌아다니며 쓸어 대는데 버틸 조직은 없었다. 반항도 소용없었다. 잡히는 순간 피투성이가 되었고 사람들이 보는 앞에서 질질 끌려갔다.

재밌는 건 이렇게 잡힌 조직폭력배 중에 일본 야쿠자와 중국 삼합회도 끼어 있었다는 것이었다.

이것들이 밀항선으로 왔다 갔다 하며 인신매매나 마약이나 밀수품들을 실어 날랐다는 사실이 언론에 보도되며 대한민국을 다시 놀라게 했고 노태운의 분노를 일으켰다.

이 일로 야쿠자와 삼합회의 소굴이라 지목당한 인천 차이나타운이 무기한 폐쇄 조치당했고 부산과 울산, 양산, 창원, 진해, 마산 쪽 조직들은 그야말로 씨가 말랐다. 해양 경비는 더더욱 강력해졌다.

이렇게 다 때려잡는다 한들 틈만 보이면 자생하는 조폭을 완전히 뿌리 뽑지는 못하겠지만.

적어도 대놓고 활동하는 폭력 조직은 대한민국에서 사라지게 됐다. 공공연한 비밀이었던 야쿠자, 삼합회도 분노한 대통령령 앞에선 일절 용서가 없었다. 일본에서야 건실한 사업가를 어째서 체포하냐고 지랄을 떨어 댔지만 알 게 뭔가? 노태운은 상대하지 않고 싹 쓸어 무인도로 보내 버렸다.

지들끼리 약을 빨든 주먹을 빨든.

전국이 들썩들썩.

근 1년간 전국 3백여 개 조직에서 15,000여 명이 구속 혹은 무인도행을 받았으니 얼마나 살벌했는지 이루 말할 수 없었다. 물론 비례해 우리의 밤거리가 안전해졌다.

폭력 조직은 억울하다 소리쳤다.

우리가 언제 중딩, 고삐리를 신경 썼다고 이런 죄를 뒤집어 씌우냐고.

하지만 말단이 붙어먹던 증거를 들이밀자 엄한 불똥이 튄 걸 깨닫고 눈에 불을 켰다.

한태국을 다구리 깠던 애들도 다들 실형을 먹었다. 촉법소년도 사라진 판에 대통령이 직접 범죄와의 전쟁을 선포한 사안이라 중학생에게도 감형 없는 5년형이 떨어졌고 그중 3년이 무인도행이었다.

뒤늦은 후회로 울고불고 해 봤지만.

현직 부장 검사도 목이 댕강 날아가는 판에 누가 감히 이의를 제기할까.

잊어선 안 된다.

대외적으로 민주주의를 표방하는 노태운 정부라지만 진면목은 군부임을.

"그나저나 이렇게 되면 내가 범죄와의 전쟁을 부추긴 게 되나?"

모르겠다.

나는 그저 상대가 힘을 쓰길래 대응한 것뿐이다.

양심의 가책?

그런 건 1도 없다.

◇ ◆ ◇

"아, 예. 그 건은 DG 인베스트에 문의하세요. 예예, 그리로
가셔야 올바른 답을 얻을 수 있습니다."

"예, 오필승 테크입니다. CCTV 문의요? DG 인베스트로 전
화해 주십시오. 오필승 테크의 해외 판매는 모두 DG 인베스
트가 일임하고 있습니다."

"맞습니다. DG 인베스트로 문의해 주시면 감사드리겠습
니다."

"DG 인베스트로······."

전국적으로 기생하던 폭력 조직이 곡소리를 내고 있을 때
오필승 테크도 밀려드는 문의에 곡소리가 났다.

복기-1의 시연 이후 오히려 뜬 건 CCTV 뉴비전이라.

어떻게 알아냈는지 오필승 테크를 찾았고 처음엔 문의받
는 우리도 난감했다.

영어에 불어에 독어에 스페인어에 알아듣지도 못하는 언

어들이 직접 컨택을 하는지라 끊어 버리는 경우가 다반사.

결국 그들은 주재 대사관을 통해 우리와 접촉하기에 이르렀다.

"어휴~ 난리도 이런 난리가 없습니다."

"인원을 더 보강하세요. 방법이 없네요."

잠시 옛이야기를 하자면,

CCTV 뉴비전의 특허가 승인된 89년, 나는 특허 증서를 받고 고민에 빠졌다.

어쨌든 첨단 기술의 일종이니까.

기저귀나 컵홀더같이 간단한 특허가 아니니까.

관행대로라면 한국 특허만 제외하고 모두 DG 인베스트에 넘겨야 맞는데.

정신이 번쩍 들었다.

잘못했다간 훗날 크게 욕먹을 것 같은 느낌.

다 내 것이라 해도 귀중한 기술 특허를 외국에 팔아 버린 것으로 비칠 수 있었다.

부랴부랴 해외 총판 격으로 DG 인베스트를 임명.

기술은 오필승 테크가 가지되 그 밖에 해외와 관련된 기술 제휴를 모두 DG 인베스트에게 일임해 버렸다. 이러면 성격이 크게 달라지지 않을 테니.

"미리 공장 안 세웠으면 어쩔 뻔했어요?"

"그렇습니다. 저도 갑자기 이렇게 달아오를 줄은 몰랐습니다."

당시는 시제품도 없던 때라 열악했으나 이젠 아니었다.

생각 있는 기업들은 뉴비전의 잠재력을 주목, 샘플을 요구하였고 협상 테이블을 깔아 댔다. 우리가 결정할 건 OEM 방식으로 갈 건지 아니면 늘 하듯 로열티로 마무리할 건지였고 첫발을 잘 디디는 것이었다.

"조달청은 여전히 아무 소식 없어요?"

"그렇습니다."

"늦는 건 여전하네요."

"해외가 아우성인데 거기부터 시작하시죠."

"정 대표님도 결단을 내리셨나 보네요."

"당장 서독만 해도 1만 대를 얘기하고 있습니다. 저희도 이제 밥값을 해야죠."

"아이고, 대표님. 밥값은 이미 넘치게 하고 있어요."

"저는 잘 모르겠습니다. 사실 뉴비전도 총괄님이 만들라고 하셔서 만든 게 아닙니까. 유럽에서 TDMA라 명명한 기술도 그렇고요. 다들 저를 천재라 띄우는데 말도 안 되는 소리죠. 저는 이렇게 판매라도 해야 조금 안심이 될 것 같습니다. 그동안 월급 받는 게 죄송했거든요."

말은 이렇게 한다지만.

만들라고 한들 진짜 만들 수 있는 사람이 얼마나 될까?

나에 대해 존경을 표하는 건 참으로 감사한 일이나 정복기도 자기 능력에 대해 평가가 너무 박한 건 좋지 않았다.

그렇지만 그걸 또 말해 줄 의무는 없었다. 어쨌든 스스로 깨닫게 될 테니.

그 시간이 오기까지 즐기는 거다.

"그런 건 신경 쓰지 마세요. DG 인베스트를 컨트롤 타워로 세워 놨으니 우린 우리 일만 하면 되잖아요. 전이랑 달라진 건 없어요."

"그렇긴…… 합니다."

"오필승 테크가 직접적으로 처리할 건 한국 납품뿐이에요. 일이 시작됐으니 한국도 움직일 테고 앞으로 5백만 대를 목표로 가 보죠."

"예?!"

"5백만 대요."

"그……렇게나요?"

"겨우 그거로 놀라세요? DG 인베스트에서 나올 매출만 해도 어마어마할 텐데요."

"……."

"로열티로 간다면 독점이 5%예요. 상용이 3%고요. 우린 4천만. 세계는 50억. 이 중 10%만이 구매력이 있다 해도 5억이죠. 시장은 이렇게 보는 거예요."

"그렇다면 아예 DG 인베스트에 맡기는 게 더 좋은 거 아닙니까?"

핵심이다.

"그건 맞아요."

"그런데……."

"단순히 돈만 생각하면 그게 제일 좋은데. 우린 한국 기업 이잖아요. 틀림없이 트집 잡는 사람들이 생길 거예요."

"트집…… 아! 그래서 특허를 한국만 계속 따로 떼어 놓으신 거군요."

"적어도 로열티가 안 나간다면 누가 뭐라 하겠어요?"

"맞습니다. 정말 현명하십니다."

"그러니 대표님은 뱃심 딱 주고 연구원들을 이끌어 주세요. 암호화만 완성하면 우린 또 도약의 길을 가게 될 테니까요. 대한민국 통신의 아버지로서, 세계를 아우르는 거죠."

"총괄님……."

여태 당치도 않다고 말한 사람이 이것에는 부끄럽고 민망 해하면서도 감격스러운 눈빛을 보냈다.

그랬다.

매너가 사람을 만드는 게 아니라 감투가 사람을 만드는 법 이다.

"처음부터 그리 말씀드렸잖아요. 제가 인정했고요. 그 타 이틀은 우리 정 대표님 것이라고요."

"……."

부들부들.

가난한 형편에 고등학교도 겨우 졸업, 집안에 보탬이 되기 위

해 특전사에 지원했으나 길이 맞지 않음을 깨닫고 퇴역했다. 특
전사 월급으로 지탱하던 집안의 강력한 반대에도 불구하고.

이후 그가 가족에게 어떤 대우를 받았는지 나는 잘 알고 있
었다.

벗어나라 했고 뜻 맞는 사람들과 지내라 했다.

그들은 알고 있을까? 아니, 정복기는 알고 있을까?

지금 개발한 것만 가지고도 대한민국 1등 부자가 부럽지
않게 될 것을.

인생지사 새옹지마라.

이게 참 재밌는 점이다.

이러니까 누구도 자기 인생을 자신하지 못하는 거다.

◇　◆　◇

CCTV에 대한 관심도가 높아졌듯 복기-1에 대한 진단도 끝
났는지 문의해 오는 유럽의 통신사가 늘고 있다고 했다.

그중 영국의 레이컬 텔레콤이 가장 먼저 접촉을 해 왔으며
그만큼 독점 계약까지 바라보고 있음을 알려 왔다. 다음으로
스페인의 텔레포니카, 프랑스 텔레콤, 네덜란드의 KPN이 뒤
를 이으며 기술 제휴를 원했다.

이 시기 무선 통신 시장은 유럽 또한 초기 단계였다. GSM
이라는 통신 규격을 세계에 제일 먼저 제시했다고는 하나 그

규격을 뒷받침할 기술력이 없었고 무한 경쟁 중이던 때라.

　유럽 공동체란 시장을 눈앞에 둔 혹은 세계 시장을 목표로 한 각 통신사들은 누가 어떻게 빨리 이 기술을 성공시키냐에 따라 앞으로의 몇십 년이 좌우될 것을 잘 알고 있었다.

　사활을 걸고 개발에 착수하던 중에 복기-1이 파란을 일으킨 것이다.

　핀란드가 비록 보름 정도 먼저 특허 출원을 했다지만 복기-1은 유럽이 원하는 통신 규격에 완벽히 들어맞았고 핀란드의 것을 두 단계나 넘어선 기술력이었다. 시제품으로 성능 테스트까지 완벽히.

　자기네 기술력을 가뿐히 압도하는 무선 통신 기술이 나왔다는 소식에 또 그것의 향후 잠재력이 기존 것들과는 차원이 다르다는 분석에 모두가 당황하였다.

　즉 선택의 순간이 오고야 말았다.

　이대로 계속 자기 기술에 투자할 건지 아니면 로열티를 주고서라도 사 올 건지.

　그리고 이것에 대한 결론은 무척이나 명료했다.

　장대운 마케팅 제1의 법칙.
　-경쟁하지 마라.

　설사 우리 것이 있더라도 먼저 잡는다.

일단 시작해 놓고 천천히 기술력을 확보한다.

시장 선점이 최우선이다.

경쟁하지 않는 것은 기업의 성장에 매우 커다란 요소였다. 더구나 기술이란 한번 뒤처지기 시작하면 걷잡을 수 없는 속성도 가지고 있었다.

유럽 통신사들이 돈을 짊어지고 덤비는 이유가 여기에 있었다.

"그러나 일에는 순서가 있어요. 먼저 유럽 통신 표준 연구소의 결단을 요구하세요. 이 상황을 설명하며 복기-1을 유럽의 통신 규격으로 지정해 달라고요."

[그래도 미루면요? 아시다시피 우린 이방인에 불과합니다. 그들은 자기들의 기술력으로 통신 체계를 구축하길 바라죠.]

"그러니까요. 그러니까 결과를 기다리지 말고 유럽 통신 표준 연구소와 접촉하고 무엇을 요구했는지 언론에 알리세요. 계약을 목전에 두고 있으면서도 잠시 멈춘 건 오로지 유럽의 선택을 존중할 생각이라는 걸 알려 저들이 직접 주목하게 만드세요."

[그렇군요. 그러면 통신사들이 움직일 수 있겠네요. 아닌가요? 그 통신사들마저 돌아설 수 있는 것 아닙니까? 그들의 정책을 따라야 유럽 시장을 공략할 수 있을 테니까요.]

"그럴 수도 있어요. 그러나 일부러 시간을 끌어 뒤에서 딴짓하는 건 약자의 정책이죠. 잊지 마세요. 우리 기술력은 유

럽보다 두 단계나 앞서 있어요. 지금도 계속 발전되고 있고
요. 그때는 특허 전쟁이 시작될 겁니다. 전 한국인이기도 하
지만 미국 명예시민이죠. 이 점을 과감히 활용할 거예요."

[아아, 미국을 끌어들이시겠다는 거군요. 그러면 어느 정
도 무게추가 맞겠네요.]

"게다가 복기-2, 복기-3가 나오면 게임 끝이죠. 우릴 받아
들이지 않는다면 유럽은 무선 통신 분야에서는 후진국이 될
거예요."

[아…… 유럽 고립 계획이 이것이었군요. 특허 전쟁이 시
작될 경우 미국 시장을 먼저 차지하고 유럽을 제외한 세계에
복기-1을 깐다는 계획이요.]

"맞아요. 핀란드에서 개발한 기술은 1천만 사용자도 감당할
수 없어요. 5년만 늦춰도 유럽은 할 수 있는 게 없을 거예요."

[무섭군요. 그때는 유럽이 오히려 우리에게 매달리게 되겠
네요.]

"이 시점이 그래서 중요하죠. 아 물론, 그것과 상관없이 유
럽 통신사와 기술 제휴를 들어갈 수도 있어요. 같은 값이면
더 좋은 기술을 쓰고 싶은 건 인지상정 아니겠어요?"

[맞습니다. 우리는 예의를 갖추는 거고 설사 유럽 통신 표
준 연구소가 우릴 선택하지 않아도 몇몇 국가는 선점할 수 있
을 테니까요.]

"결국 우리의 기반은 미국이라는 얘기죠. FCC는 아직 간만

보고 있나요?"

[미국 연방 통신 위원회는 일단 자제하는 것으로 보입니
다. 유럽을 주시하면서요.]

"하여튼 자존심들은…… 알았어요. 유럽부터 공략하고 들
어가죠."

[예, 그럼 저는 유럽으로 넘어가겠습니다.]

"고생해 주세요."

정흥식이 미국과 유럽을 오가며 바쁘듯 나도 바빴다.

뿌리까지 뒤집힌 반포 중학교라.

교장부터 교감까지 모두 해임된 후로 한결 조용해졌다지만
한태국만은 달랐다. 17 대 1의 전설로서 1학년부터 3학년까지
단번에 평정해 버렸고 명실공히 완전한 캡짱으로서 말이다.

올레.

뒤숭숭하든 말든 나는 일상은 바쁘고 평온했다.

오필승 테크도 들여다봐야 했고 우리 가수들도 어떻게 하고.

"그래서 지금은 누가 탑인가요?"

"뭐니 뭐니 해도 진석이 아니겠습니까? 1집 성공도 어마어
마한데 2집은 나오자마자 다 휩쓸어 버렸습니다."

변진석은 그야말로 대한민국 톱 가수가 되었다.

2집 타이틀인 '너에게로 또다시'가 단번에 1등을 찍은 거로
모자라 뒤를 이은 '희망사항'이 공전의 히트를 기록하며 이 나
라에 '김치볶음밥을 잘하는 여자' 열풍을 불게 만들었다.

그 뒤를 생각지도 않은 최성순이 '잊지 말아요'로 1등을 하였다.

오필승으로선 겹경사.

6월로 넘어가는 지금.

하키 선수 출신인 조정헌의 '그 아픔까지 사랑한 거야'가 8주나 1위를 하였음에도 KBS 노조 파업 때문에 3주만 인정돼 골든컵을 수상하지 못하는 불운을 맞았다.

"변진석은 이대로 진행하고요. 신승후는 어떻게 됐나요?"

"표절 문제로 잠시 충격을 받았으나 다시 일어섰습니다. 다만 마지막 곡은 자기가 만든다고 해서 아직 내놓지 못하고 있습니다. 시간이 조금 걸릴 듯합니다."

"꼭 본인의 곡으로만 하겠대요?"

"이번에 느낀 바가 큰가 봅니다."

"그럴 수도 있겠죠. 알겠어요. 다음은요?"

"무한궤돈을 해체한 신해천이가 조금 늦은 1집 '슬픈 표정 하지 말아요'를 냈습니다."

기다리던 바였다.

"오호, 시작한 건가요?"

"노래가 훌륭합니다. 원곡이 '그리움은 기다림의 시작이야'였다고 하는데요. 88년 강변가요제 출품작이었다고 합니다."

"재편곡한 모양이네요."

"괜찮습니다. '안녕'이라는 곡도 아주 경쾌하고요. '연극 속에서'라는 곡도 멋지더군요. 해천이는 곡도 곡인데 가사가 정말 단단합니다."

인정.

"위대한 재능이죠."

"그렇습니까?"

"두고 보세요. 더없이 멋진 어른으로 성장할 테니까요."

동의한다는 듯 김연도 씨익 웃었다.

그밖에 015V의 '텅 빈 거리에서'가 입소문을 타며 점점 수면 위로 떠오르고 푸른하눌은 '눈물 나는 날에는……'과 '겨울 바다'가 연이은 히트를 치며 행복한 나날을 보내고 있다고 알렸다.

물론 걸리는 건 있었다.

김헌철.

"헌철이 형은 어때요?"

"회복 중이긴 한데……. 마음이 많이 꺾였습니다."

"뇌출혈까지 갔으니 이게 뭔가 싶을 거예요."

"그렇죠. 죽고 사는 문제보다 큰 건 없을 테니까요. 볼 때마다 축 처져 있습니다."

"기다려 주죠."

"……예."

"어차피 이 바닥에서 살 사람이에요. 기운을 차리면 또 음악이 하고 싶어질 거예요."

"알겠습니다. 만나더라도 복귀 문제는 꺼내지 않겠습니다."

"고마워요."

"별말씀을요."

"이제 더 없나요?"

"아…… 있습니다. 015V가 슬슬 2집 작업에 들어간다고 합니다. 또 손무헌이라는 작곡가를 만난 완서가 곧 5집을 발매할 것 같습니다."

"손무헌이요?"

"예, 외인부대라는 록그룹의 기타리스트 출신인데요. 역량이 상당합니다."

"곡을 들어 보셨어요?"

"멋지던데요. 완서와 딱 들어맞는 것 같습니다. 아니, 완서를 위해 맞춘 곡 같더라고요. 마치 전의 앨범들이 완서를 억지로 끼워 맞춘 것처럼 보일 만큼 말이죠."

정확한 판단이었다.

'삐에로는 우릴 보고 웃지', '가장무도회', '나만의 것'으로 대표되는 김완서 5집은 그녀의 일생을 통틀어서라도 최고로 치는 명반이었다.

손무헌을 만난 김완서는 날개가 생긴다.

"재밌는 건 그 손무헌이라는 사람을 완서가 직접 찾아냈다는 겁니다. 본인도 갈증이 났나 보더라고요."

"밀어주세요. 손무헌 작곡가도 잡고요."

"안 그래도 그 일로 상의드리려 했습니다. 프로듀싱 능력이 괜찮은 친구 같더라고요. 급할 때 우리 가수들을 상대로 써도 될 만큼."

"저도 기대되네요."

"또 있습니다."

"또요?"

"워낙에 총괄님이 일을 미루셔서요. 하하하하하."

"……예."

아이고…….

"세 개가 더 있습니다."

"세 개나 더요?"

"먼저 윤산이가 드디어 1집을 예약 걸었습니다. 싹 다 자기가 작곡하고 자기가 부를 작정이랍니다. 작사가만 붙여 달라네요."

"아!"

'이별의 그늘'이 나오려나 보다.

"은근 알차게 꾸려 났더라고요."

"그래요?"

"상당히 세련된 느낌입니다."

"으음……."

"두 번째로 민애경 10집이 곧 발매될 겁니다."

민애경 10집이라. 10집에 든 곡이 뭐였더라?

"9집까지 강인언 씨랑 하다가 이번에는 특이하게 이주오란 작곡가와 작업한다고 하더라고요."

"그래요?"

못 들어 봤다.

"노래가 좋습니다. '보고 싶은 얼굴'이라고 페이트 4집에 실린 람바다와도 느낌이 비슷합니다."

보고 싶은 얼굴 vs 람바다.

그림이 딱 그려졌다.

"괜찮네요."

괜찮은 수준이 아니라 딱일 것이다.

영화 람바다가 올해 개봉했다. 람바다 열풍이 세계적으로 불어오면 민애경은 그 바람을 타고 세계적인 가수가 될 것이다. Ace of Base의 The Sign마저 자기 곡처럼 소화했으니 전성기는 원역사보다 오래갈 것이다.

이뿐인가.

영화 사랑과 영혼도 프리티 우먼도 올해 개봉하였다. 영화가 히트할수록 OST는 힘을 받으니 부른 가수들의 네임 밸류도 한없이 높아질 것이다.

"자, 마지막으로 조용길 이사님이 10집을 내겠다고 선포하셨습니다. 전곡 본인의 손으로 만들어 내겠다고요."

"그래요?"

"10집인 만큼 그동안의 활동을 정리하는 측면에서 접근하고 싶다시네요. 올 말까지 결과물을 가져올 테니 그때 발매

계획을 잡자고요."

"좋은 생각 같아요. 다른 앨범도 아니고 10집이니 뭔가 완성된 기분이 들긴 하겠어요."

"이제 더는 없습니다. 이상입니다."

김연이 두 손을 터는 것을 끝으로 기나긴 보고가 끝났다.

"후우……."

방학 내 미룬 숙제를 개학 며칠 앞두고 다 끝낸 것 같은 기분이었다.

골이 다 아플 지경이었는데 김연은 도리어 후련한 표정이 되었다.

겨우 끝냈다는 것.

이제 좀 쉬나 싶다는 것.

그 얼굴이, 그 표정이 다소 피곤하게 다가오기도 했지만 묘하게 기분이 좋았다. 김연이 아직도 나에게 의지하고 있다는 방증이니.

어쨌든 나도 이제 겨우 쉬나 했는데.

꿈틀꿈틀. 웅성웅성.

나라가 심상찮게 돌아갔다.

작년 5공 청문회에서 노태운이 던진 핵폭탄이 드디어 효력을 발휘하는 모양이다.

세상이 경악하였다. 한번 풀어헤친 노태운은 망설임이 없었고 지금껏 확보한 모든 증거물을 국회에 제출하기에 이르렀다.

명명백백하에 드러나는 증거들 앞에 그림자만 봐도 으르 렁대던 여야마저 초당적 차원에서 대동단결, 탄핵의 기치를 올렸고 그 대상은 당연히 최규아와 전두한이었다.

탄핵 소추 건이 국회에서 발의, 빠른 시일 내 의결되었고.

1988년 헌법 재판소법이 발효되며 재판관 9명이 임명됨으로써 설립된 헌법 재판소로 탄핵 소추안과 증거물들이 이관되었다.

재판이 진행 중이었다.

뻔뻔한 표정으로 나타난 최규아, 전두한을 필두로 그들의 변호사들은 초반 위세가 좋았던 것과는 달리 그 실태가 하나씩 까발려짐에 따라 국민의 원성을 들었고 다니는 곳곳에서 테러를 당했다.

특히 변호사들은 더욱 심했다.

너희가 인간이냐고.

돈을 얼마나 처받았길래 저런 놈들을 변호하냐고.

정부의 간곡한 당부에도 이 한 몸 논개처럼 바쳐 기꺼이 테러하겠다는 열사들이 넘쳐 났고 급기야 변호인 한 명이 몰매를 맞고 병원에 실려 가는 일이 발생했다. 경찰에 잡혀가면서도 피의자가 도리어 응원받고 큰소리치는 형국이 되자 신변에 위험을 느낀 변호사들은 하나둘 변호를 포기하였고 뒤이어 선임된 국선변호사들은 국가가 지정해서 어쩔 수 없이 변호하는 거라며 변명하기 바빴다. 당연히 충실한 변호는 기대할 수 없었다.

전두한, 최규아로서는 똥줄이 타는 형국이라.

지금도 당장 집 밖에는 때려죽이겠다는 열사들이 진을 치고 있었다. 전임 대통령에 대한 예우로 경호대가 상주하지 않았다면 일이 벌어졌어도 진즉 벌어졌을 것.

이럴 때 탄핵이 된다면 어떻게 될까?

잔뜩 겁먹은 그들은 결국 무릎을 꿇었고 선처만을 희망했다.

하지만 빠져나갈 방법이 없었다.

이들은 이미 대통령직에서 물러난 사람들이고 이 건은 이들의 이름을 영광스러운 대한민국 대통령직에서 빼 버리라는 국민적 요구였다.

수많은 기사가 쏟아지며 재판관 9명의 일거수일투족을 잡아냈다. 그들의 얼굴이 전부 알려지며 국민적 성원이 쏟아졌다.

그것만도 부담일 텐데 재판 도중 변호인이 심각한 수준의 테러를 당하는 것도 봤다.

제아무리 고고한 재판관들이라도 사람이었다.

대세는 무시할 수 없었고 만일 기각이라도 됐다간 생명을 부지하지 못할 것이다. 물론 워낙에 증거가 화려하여 그럴 일은 없겠지만.

그렇게 오늘 결정문에 발표되었다.

≪지금부터 1989헌나-1 대통령 탄핵 사건에 대한 선고를

시작하겠습니다. 선고에 앞서 이 사건의 진행 경과에 관하여 말씀드리겠습니다. 우리 재판관들은…… 대한민국 국민 모두 아시다시피 헌법은 대통령을 포함한 모든 국가 권력의 존립 원천입니다. 재판부는 이 점을 깊이 인식하면서……. ≫

구성은 이랬다.

사건의 개요, 적법 요건 판단, 탄핵의 요건, 사인의 허용과 대통령 권한 남용 여부, 공무원 임명권 남용, 언론의 자유 침해, 생명 보호 의무 위반, 결론, 재판관들의 보충 의견이 차례대로 진행되며 자료만 4만 8천여 쪽, 탄원서만 100박스에 달하는 사건을 조목조목 풀이하였다.

그러면서도 이 건은 대상자를 대한민국 대통령으로서 자격이 있는지. 공직상으로 기록해 두는 게 합당한가에 대한 결론일 뿐 형사상 책임을 묻는 게 아님을 밝혔다.

탄핵이 결정됐다.

최규아와 전두한은 이로써 대한민국 역대 대통령이라는 이름에서 삭제되는 수모를 겪게 됐고 그간 받았던 모든 혜택을 내려놓아야 했다.

언론은 이를 대한민국의 승리라 일컬었고 자축의 장을 열었다.

도심 곳곳에 만세를 부르는 이들이 생겨났다.

노태운은 특별 담화를 통해 이를 역사의 심판이라 명명했고 본인도 대통령직에서 물러나면 역사의 심판을 받겠다 약속하였다.

가만히만 있어도 국민의 지지도가 이제껏 볼 수 없었던 만큼 치솟을 때인데도 스스로 석고대죄하는 모습에 국민은 감격하였고 이 같은 승리를 맛보게 된 시작이 누구부터였는지를 깨달았다.

하나회 출신이면서 하나회를 척결했고 스스로 5.18의 죄인이라 인정했으며 지난 정권에서 일어난 모든 불미스러운 일들에 책임지려 하였다. 국민의 억울한 마음을 어루만졌으며 보통 사람으로서 함께하려 했음을 인정하고 칭송하였다.

날개를 단 노태운은 이 기세를 몰아 5월 24일 일본을 공식 방문하였다.

얽힌 현안을 좋은 쪽으로 해결 보려, 가지 않아도 될 일정을 호의로써 이행한 것인데.

여기에서 문제가 생긴다.

1989년도 즉위한 아키히토 일왕이 노태운의 방일 환영 만찬에서 한일 간 불행한 과거가 있었다며 '통석의 념'을 금치 못한다는 말을 해 버린 것이다.

한국 언론들은 이를 대서특필하며 일왕이 사과했다고 얼씨구나 좋아했지만.

나와 일본은 전혀 아니올시다였다.

즉시 나우현에게 전화 걸었다.

[예, 저입니다.]

"바쁘신데 본론만 말할게요. 기사부터 정정해 주세요."

[예?]

"통석의 념이요. 그거 사과 아니에요."

[그게 무슨 말씀이십니까? 사과가 아니라뇨? 설사 그렇더라도 최소한 유감을 표한 거 아닙니까?]

"아니에요. 통석이라는 표현이 가지는 의미를 잘 살펴보세요. 거기 어디에 사과와 사죄란 뜻이 있나요?"

[예?! 저는 잘…….]

"본래 통석이라는 표현은 자기 것을 잃어버렸을 때 나오는 탄식이나 애통을 가리켜요. 한일 간 과거사를 얘기하면서 통석이라는 단어를 썼다는 게 무슨 뜻일까요?"

[통석이 사과나 유감이 아니라 자기 것을 잃어버렸을 때 나오는 탄식이나 애통이라고요?!]

"예, 지금 즐거워할 때가 아니에요. 일왕이 외교적 수사로 한국 대통령을 희롱한 거라고요. 우리 면전에서 대한민국을 잃어버려서 너무나 아깝다고 얘기한 거라고요. 못 알아들은 우리 대통령을 지금 비웃고 있을 거예요."

[아…….]

"다시 한번 찾아보시고, 확실하게 정정해 주세요. 그리고 이 사실을 즉시 일본에 있는 대통령께 알리세요. 이게 언론의 역할입니다. 정신 똑바로 차리세요."

[아, 죄송합니다. 제가 당장 여러 사료를 찾아보고 정정하겠습니다. 죄송합니다. 얼른 움직이겠습니다.]

빠르게 움직였는지 바로 다음 날로 반박하는 기사가 뜨기 시작했다.

【통석의 념. 이것은 과연 사과인가? 희롱인가?】

【치욕의 방일. 치욕을 당하면서도 치욕인 줄 모르다. 우리 외교관들은 모두 까막눈이던가? 아님, 일본의 앞잡이던가?】

【일왕이 우리 대통령을 면전에서 조롱하다. 그렇다면 통석의 념이란 어떤 의미인가?】

【통석은 조선을 빼앗긴 것에 대한 애통을 말하는 것이다. 일본의 야욕은 현재 진행 중?】

【일왕마저 군국주의의 잔재인 일본. 한국은 앞으로 대일 관계를 어떤 원칙으로 풀어 나가야 하는가?】

【대일본 무역적자 지표, 핵심 기술의 부재가 가리키는 건 이대로는 일본의 경제 식민지나 다름없다는 것. 여기에서 우리가 할 일은?】

【공산 국가만이 적이 아니었다. 등 뒤에 크나큰 적을 두고 있었다. 한국의 미래를 분석해 본다】

이 와중에도 일왕이 사과했다고 우기는 언론이 있었으나 국민은 받아들이지 않았다.

충격받았고 이를 침략 야욕으로 받아들였다. 일본을 성토하기에 이르렀다.

노태운도 즉시 모든 일본 일정을 취소하고 한국으로 돌아왔다.

◇ ◆ ◇

청와대.

쾅.

빠드득.

"내를…… 이 내를 희롱했다 이거제? 그 쌍노무 쉐끼가."

"확인해 본 바 99% 맞습니다."

"동석한 외교관 쉐끼들은 뭐 하는 쉐끼들이고?! 뭐 하는 놈들인데 언론보다도 못하는데?!"

"조사해 보니 몇몇 외교관이 반기를 들었으나 워낙에 말단이라 묵살됐다고 합니다. 분위기 좋은데 초 친다고요."

"허어……."

이럴 수가.

"어떻게 할까요?"

"발본색원. 일본 대사부터 싹 소환해가 짤라 뿌라."

"지당하신 말씀입니다."

"글고 반항했던 그 외교관들을 중요한 자리로 올리라. 일본 대사건 뭐건 다 해 줘라. 이 일로 왈가왈부 떠드는 놈 있으면 그놈도 매국노인기라."

"명심하고 이행하겠습니다."

서둘러 나가려는 신 비서를 노태운이 또 잡았다.

"아, 잠깐만. 기사 제일 먼저 올린 놈이 누꼬?"

"아! 죄송합니다. 그 일부터 보고드린다는 걸 깜빡했습니다."

"말해라."

"기사는 나우현이 몇몇 기자들을 선동해서 싣긴 했는데."

"나우현이 가가 올렸다고?"

"출처가 대운 군입니다."

"대운이가 출처라고?!"

"나우현 기자가 그랬습니다. 신문이 발행되자마자 전화를 받았다고요. 당장에 정정하고 이 일을 대통령님께 알리라고요."

"하아……."

"죄송합니다. 제일 먼저 보고드렸어야 했는데."

"아이다. 니가 정신없었던 거 내가 모르나. 그나저나 그러믄 내가 대운이 아니었으면 여태껏 일본에서 조롱당하고 있었다는 게제?"

"……예, 그렇게 됩니다."

"알았다. 일단 나우현이는 니가 알아서 챙겨 주거라."

"옙."

"가라."

"옙."

신 비서가 나가자마자 다시 탁자를 내리치는 노태운이었다.

아무리 마음을 다스리려 해도 만찬에서 생글생글 웃는 낯으로 말을 걸던 얼굴이 떠올랐다.

"한주먹 꺼리도 안 되는 쉐끼가. 감히 내를 놀렸어?! 이 노태운이를."

이때부터였던 것 같다.

본역사와 달리 탈일본 기조의 정책이 시시때때로 나오기 시작한 것이.

일본에 기대 너무 편하게 경제를 일으키려 한 것을 반성하고 세계로 눈을 돌리며 무역의 다각화를 시도했다는 점에서, 그 기반을 만들었다는 점에서 이 건은 노태운의 또 하나 업적이 되었다. 일례로 6월 초부터 노태운은 고르바초프 소련 대통령을 만나 협력을 타진했고 미국 산업을 시찰하며 탈일본에 도움 될 만한 기업들에 혜택을 약속하기도 했다.

이렇게 일본발 태풍에 대한민국이 변해 가고 있을 때.

유럽도 복기-1 때문에 시끄러웠다.

정홍식이 스페인 엘문도, 프랑스 르몽드, 서독 슈키겔, 영국 BBC 등 각 유력지에 인터뷰하면서부터였다. 복기-1을 유럽 통신 표준으로 인증해 달라고 유럽 통신 표준 위원회에 요구한 게.

현재 개발되는 어떤 통신 기술보다 최소 두 단계가 앞서 있다 자신하며 유럽의 통신 표준으로 자리 잡을 것을 믿어 의심치 않는다는 발언에 유럽은 갑론을박.

좋은 서비스라면 무조건 빨리 받아들여야 한다는 쪽과 노란 원숭이의 기술력 따위 믿을 수 없다는 쪽으로 분열되기 시작했다.

재밌는 건 들썩이는 유럽 덕에 덩달아 움직이는 곳이 생겼다는 것이다.

미국의 FCC였다.

여태 어떤 요청에도 꿈쩍 안 하고 있던 미국 연방 통신 위원회가 DG 인베스트에 복기-1의 기술 인증을 문의해 왔다는 것이다.

이 소식이 미국 언론과 유럽을 강타했다.

무선 통신 시대의 개막을 다루는 미국 언론에…… 이대로 가다간 세계 최초의 무선 통신 상용화 타이틀을 미국에 주게 생겼다는 여론이 유럽에 강해졌다.

하지만 유럽 통신 표준 위원회도 섣불리 움직일 수가 없었다.

기간산업이라는 게 그랬다.

한번 들이는 순간 돌이킬 수 없는 것.

복기-1을 유럽 통신 표준으로 인증하고 각 나라 통신사들이 복기-1을 기준으로 통신 서비스를 개시하는 순간 더는 유럽에 기회가 없다는 걸 잘 알았다.

그러나 또 마냥 기다릴 수만은 없었다.

유럽 통신 표준 위원회가 유럽 통신의 발전 기회를 막고 있다는 소리가 흘러나오고 있었다.

더 큰 시장을 봐야 한다는 것. 유럽에만 한정할 것이면 이대로 묵살해도 되겠지만, 아시아, 아메리카 대륙은 어떻게 할 생각이냐는 반론이 목소리를 키워 갔다.

연일 이 사안에 대해 토론 배틀이 터졌다.

복기-1에 대한 허와 실, 잃어야 할 것, 얻는 것 등 자본주의 논리가 세심하게 들어간 토론과 논평이 유럽을 또 한 번 흔들고 있을 때 정홍식이 미국 FCC와의 협상을 위해 미국으로 건너간다는 소식이 유럽을 강타했다.

-이번에 넘어가면 세계 최초라는 수식어는 미국에 헌납하게 될 것이다.

이 같은 여론이 압도적으로 치솟으며 노란 원숭이의 뭐라고 했던 반론은 더는 보이지 않게 되었다.

똥줄이 탄 유럽 통신 표준 위원회는 그날 밤으로 정홍식이 묵는 호텔로 찾아와 협상에 들어갔다.

하지만 문제는 지금부터였다.

손만 벌리면 당연히 잡을 거라 봤던 정홍식이 DG 인베스트는 정가제를 표방한다며 버티는 것이다.

독점 5%, 사용권 3%.

세계적 통신 사업에 독과점이 있을 수 없으니 3%를 내놓으라 고수했다.

매출의 3%였다.

한 명이 한 달에 10달러를 썼다고 했을 때 30센트를 물어야 하는 어마어마한 로열티.

1천만 가입자라면 매달 3백만 달러. 1년이면 3천 6백만 달러.

2천만이면 두 배, 한 달에 10달러 이상을 썼을 시에는 더더욱 말도 못 할 금액이 로열티로 흘러 나간다.

1%로 줄이자.

안 된다.

그럼 1.5% 쳐줄게.

웃기는 소리 마라.

알았다. 알았어. 2% 해 줄게.

우린 무조건 3%다. 싫으면 꺼져라.

이렇게 유럽이 정홍식 한 명에 쩔쩔매고 있을 때 느닷없이 한국으로 부시 대통령이 날아왔다.

아무런 일정이 없었음에도 오산 공군 기지에 내린 부시 대통령 때문에 한국은 또 사단장이 불시 시찰을 나온 예하 부대처럼 시끄러워졌고 그날 밤 비밀리에 난 청와대로 들어가게 됐다.

"오오, 페이트. 너무 보고 싶었어요."

"저도 다시 만나서 기쁩니다. 미스터 프레지던트."

노태운을 앞에 두고 친분을 확인하는 사이 급하게 다과가 차려졌고 부시 대통령은 바쁜지 더는 본론을 미루지 않았다.

"How's the present?"

갑자기 '선물은 어땠어?'라니.

'뭐지?'라는 생각보다 present가 주는 뉘앙스가 내 더듬이를 건들었다.

gift와 같이 선물이란 의미로 쓰이나 무언가를 넘겨주거나 넘어가는 느낌이 큰 단어.

번뜩 든 생각은 하나밖에 없었다.

"혹시 프레지던트의 작품이신가요?"

"오오, 내 작품이라니요. 난 그저 이랬으면 어떨까 한 것뿐이죠. 더구나 남 일도 아니고 우리 미국 시민의 일이 아닌가요?"

확신이 들었다.

유럽을 상대로 고전 중이던 정홍식의 위상이 단번에 올라간 이유.

유럽이 똥줄 타 정홍식과의 협상 테이블에 앉은 이유.

정홍식의 요구에 기함하면서도 판을 부수지 못하는 이유.

이 모두가 FCC가 움직이며 강력한 경쟁자가 나타났기 때문이었다.

하지만 그걸 입으로 발설하는 아마추어 같은 짓은 하지 않았다.

그저 감사를 표했다.

"절 지켜보고 계셨군요. 감사합니다."

"너무 크게 바라보지 않았으면 좋겠어요. 나는 내 선택이 틀리지 않았음을 증명하고 싶었을 뿐이에요. 페이트도 알겠지만, 워낙 엉덩이가 큰 놈들이라 여간해선 움직이지 않으니 말이죠."

"예, 엉덩이가 크죠."

"그래서 나도 이번에 한 가지만 도움받았으면 좋겠는데."

역시나 기브 앤 테이크.

"무엇을요?"

"협상권을 나에게 넘겨주면 좋겠어요."

"협상권을요?"

"이참에 엉덩이 큰 놈들에게 얻을 게 좀 있거든요. 3%를 고수한다고 했으니 2.5% 정도로 할인해 줬으면 좋겠어요. 나머지는 내가 알아서 할게요."

"정말요?"

"그럼요. 페이트한테 거짓말을 하면 안 되겠죠."

큰 도움이었다.

그까짓 0.5%.

미국 대통령을 움직인 값으로 생각하면 아깝지도 않다.

"알았어요. 그렇게까지 해 주실 줄은 생각도 못 했는데. 좋아요. 제대로 마무리 지어 주시면 저도 이제부터는 완벽히 아드님의 편이 돼 드릴게요."

"으응?"

노태운이 무슨 소리냐는 표정을 짓는다.

"절 도와주셨으니 끝까지 아드님 편이 돼 나중에라도 이 선택을 후회하지 않게 해 드릴게요."

"흐음…… 페이트가 그 말썽쟁이를 도와준다면야 더 원할 게 없지만. 그 말…… 설마 그걸 염두에 둔 건 아니겠죠?"

"왜 아니겠어요? 늘 그랬듯 진짜는 역사가 증명해 주겠죠."

"역사가 증명해 준다라…… 알았어요. 이거 더 열심히 뛰어야겠는걸요. 페이트 같은 걸물이 아들의 후원자가 되겠다는데."

부시 대통령이 드디어 노태운에게 시선을 돌렸다.

"대통령님."

"아예."

"참으로 부럽습니다. 페이트와 가까우시고."

"아닙니다. 별말씀을요."

"온 김에 도와줄 게 있겠습니까? 오늘 워낙에 기분이 좋아 뭐라도 해 드려야 할 것 같네요."

"예?"

"아니, 그건 이 자리에서 드릴 얘기는 아니겠네요. 실무진을 보내죠. 적절한 선에서 요구하시면 웬만한 건 통과할 겁니다."

"아……."

크게 만족하는 노태운을 두고 부시 대통령은 나를 돌아보았다.

"페이트도 원하는 게 있나요?"

"저도요?"

"협상권을 일임해 달라고 한 건 내가 엉덩이 큰 놈들에게 얻을 게 있어서고. 아들을 도와주는 것에 대한 건 답례를 해야 맞겠지요."

"아……."

"말해요. 할 수 있는 선에서는 모두 들어줄게요."

좋은 기회였다.

덕분에 획기적인 아이디어가 떠올랐다.

"그럼 독도와 이어도를 한국의 영토로 완전하게 인정해 주세요. 미국의 공식 문서로요."

"으응? 그건 원래 한국 땅 아니었나요?"

"국제법으로도 인정해 주세요. 우리 힘이 약하다고 자꾸 눈독 들이는 놈들이 있어서요."

"힘이 약하다고 남의 영토를 노리다니 말도 안 되는 일이죠. 걱정하지 마세요. 없는 걸 만들어 달라는 것도 아니고 즉시 처리될 겁니다. 이참에 구획 정리도 확실히 해 드리죠."

이게 이렇게 쉬운 것이었나?

내친김에 하나 더 던져 봤다.

"하나 더 있는데 말해도 되나요?"

"말해 보세요. 첫 번째 것이 큰 부담이 없으니 괜찮습니다."

"그럼 군함도를 유네스코에 지정해 주세요."

"군함도요?"

"일본에서는 하시마 섬으로 불러요. 그곳을 유네스코로 지정해 주세요."

"한국도 아니고 일본의 섬을 굳이 유네스코로 지정해 달라는 이유가 있나요?"

"귀중한 유산이 있어서요. 반드시 후세에 남겨야 하는."

"귀중한 유산이라. 그런 이유라면 타당하겠군요. 즉시 조사단을 꾸리게 할게요. 이제 됐나요?"

"예, 감사합니다."

"하하하하하, 감사하긴요. 페이트의 마음을 얻어 내가 더 기쁩니다."

한참을 웃어 댄 부시 대통령은 또 그렇게 잔뜩 웃음만 남기고 유럽으로 날아갔다. 한국에 와서 하룻밤도 묵지 않고.

그는 그렇게 아주 노골적으로 유럽 순방의 첫발을 유럽 통신 표준 위원회에 향했고 그곳에서 복기-1의 시연회를 보며 원더풀을 남발했다.

이게 무슨 뜻인지 단번에 깨달은 유럽 통신 표준 위원회는 다음 날로 정흥식을 불러다 유럽의 통신 표준으로 복기-1을 지정하였다.

이날이 1990년 7월 3일이었다.

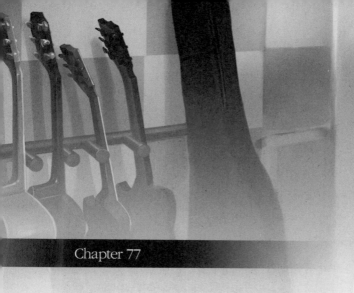

부시가 유럽을 상대로 무엇을 요구했고 또 무엇을 얻었는지는 알지 못했다.

연신 미소를 감추지 않은 거로 보아 꽤 치명적인 걸 얻은 모양인데.

다만 예상하기에 우리의 역할은 그리 크지 않을 것 같았다. 0.5% 할인은 구색 맞추기 일 테고 세계 최초의 무선 통신 상용화 타이틀도 아마 그런 용도가 아닐까.

그렇지 않나? 개인도 아니고 유럽을 상대로 겨우 0.5% 할인으로 무언가를 얻는다는 건 말도 안 되는 일이었다. 다른 무언가를 거래하기에 앞서 애피타이저로 사용할 정도. 그렇게 생각하는 게 상식적으로 맞았으니.

그러나 우리로서는 부시를 만난 효과가 아주 강력했다.

오키나와에 정박해 있던 제7함대가 어떤 요청도 없이 움직여 주변국을 긴장시켰다. 한미 군사 훈련을 대비하기 위한 기동이라 발표하긴 했는데 중국이나 북한의 입장에서는 촉각을 곤두세워야 했으니 시끄럽게 떠들어 댔다.

그러든 말든 제7함대는 자기들끼리 근 한 달간 한국의 서해안과 남해, 동해를 돌며 영토 구획을 정리하였고 또 자기들이 완료하여 이 사실을 한국 정부에 통보하였다.

독도는 물론 이어도로 이어지는 방어선 겸 영토 라인이 미군의 손에 그려진 것이다. 그것도 지금 한창 국제적으로 논의 중인 대륙붕까지를 영토로 삼는 유엔 해양법 협약을 가져와 확정해 버린 것이다.

이 사실을 나중에 알게 된 일본은 발칵 뒤집혔지만 이미 승인된 사안이었고 승인된 사안에 대해서는 강력한 로비력도 소용없었다.

게다가 제2타로 유네스코에서 하시마 섬을 세계 문화유산으로 삼겠다 알리며 조사단을 파견해 버렸다.

나도 한참 뒤에서야 알았는데.

부시도 이번 일로 꽤 정치적 타격을 입었다고 한다.

의회의 동의도 받지 않고 독단적으로 일을 처리했고 그것을 빌미로 일본의 로비를 받은 정치인들로부터 공격을 받았다고. 몇몇 언론도 동조해 극동 아시아의 긴장감을 높이는 행위라며 지탄받았다 했다.

그럼에도 묵묵부답으로 밀어붙였고 기어코 전부 해냈다.

이유는 하나밖에 없었다.

아들에 대한 아비의 지극한 사랑.

"암암, 위대하지."

어쨌든 다시 시간을 돌려 부시가 청와대를 떠난 시점으로 가본다. 나와 노태운. 뻘쭘하게 남은 두 사람이 대화를 나눈 때로.

노태운과 나. 퇴임할 때까지 못 볼 거라 예상했던 것과는 달리 기회가 생겼으니 서로 간 할 말이 많지 않았을까?

특히나 노태운으로선 이 만남 자체가 너무나 충격적이었다.

"대운아, 이게 무슨 일이고?"

넌지시 시작하였다.

부시와의 대화 때부터 궁금했을 테지만 꾹 참아 준 만큼 나도 성실히 대답해 줄 필요가 있었다.

어쩌면 미국 대통령이 찾아올 만큼 중대한 사안을 대통령으로서 몰랐다는 것에 자존심이 상했을 수도 있고.

솔직하게 나갔다.

"기술을 하나 개발했어요."

"기술을 개발했다고?"

"무선 통신 기술이에요. 우리 기술이 지금 유럽 통신 표준 위원회의 심사를 받고 있어요. 잘 되면 유럽의 통신 표준이 될지도 몰라요."

"뭐?! 유럽 통신 표준?! 그걸 왜 이제 ……가만가만가만, 이
거 떠벌리면 안 되는 기가?"

자기 성격을 누르고 나를 배려하였다.

노태운에 대한 나의 신임이 여전한 걸 알 게 돼 기뻤다.

"이제 돼요. 부시 대통령이 움직였으니까요. 그것보다 일
단은 전후 사정을 아셔야 하잖아요. 설명해 드릴게요."

친절하게 풀어 줬다.

기술적인 건 말해 줘도 못 알아듣는 눈치였지만 우리 무선
통신 기술이 현재 유럽 시장의 문을 두드릴 정도로 강력하다
는 것만은 인지하는 듯했다.

"1983년 유럽 우편통신국이 GSM 위원회를 설치해요. 파리
에 본사를 두고 ·디지털 셀룰러 음성 통신을 위한 유럽 표준을
개발하기 시작한 거죠. 그렇게 몇 년 후인 1987년, 13개 유럽
국가 대표 15명이 코펜하겐에서 유럽 전역에 공통의 무선 통
신 시스템을 개발하고 배포하기 위한 양해 각서에 서명해요.
그리고 지난 1989년 GSM 위원회가 유럽 통신 표준 연구소로
이전되며 현재의 모습을 갖추었죠."

"으음……."

"지금 유럽 공동체에 속한 통신 회사들 전부가 이 일에 뛰
어들고 있어요. 우리나라의 한국 전기 통신 공사 같은 회사들
이 사활을 걸고 덤비는 프로젝트라는 거예요. 자기네 기술이

유럽의 통신 표준이 되는 순간 유럽 시장에 대한 우선 선점권
이 생길 테니까요."

"잠깐만, 잠깐만, 그 말은 통신 표준이 되면 모두가 그 통신
표준이 된 회사의 것을 써야 한다는 기가?"

"예, 그게 유리하니까요."

입을 떡.

"그, 그라믄 우리가 유럽의 통신을 다 먹는다는 기가?"

"그건 아니에요. 제일 좋은 건 기간망까지 까는 건데 거기
까진 인정해 주진 않을 거예요. 우리도 그럴 여력이 없고요.
그리고 통신 표준은 표준일 뿐이에요. 이 기술을 사용해라.
이게 공통의 목표에 가장 걸맞다 권유하는 정도죠. 다음부터
는 각 통신 회사의 통신 서비스에 달렸죠. 얼마나 깨끗하게
획기적으로 사용자에게 서비스하냐에 따라서요."

"으음……."

나름 설명한 듯싶었지만, 아직 감이 없는 표정이었다.

나도 일일이 설득할 필요성을 느끼지 못하겠다.

어차피 시간이 지나면 알게 될 일이니까.

"어쨌든 그런 판국에 난데없이 한국이 뛰어든 거예요. 참
고로 일본도 이 기술에 대한 개발이 활발하게 이뤄지고 있죠.
아마도 독자적인 서비스망 구축을 시도할 거예요."

"일본도?"

"예, 전 세계가 지금 무선 통신 분야를 주목하고 있어요. 그

잠재력을 높이 사고 있죠."

"허어……."

한숨이 나올 만했다. 한국만 뒤처지는 느낌일 테니.

돌을 더 던져 봤다.

"상상이 되세요? 올해 들어 2개 나라가 더 참여, 15개국이 된 유럽 공동체가 1983년부터 개념을 잡아 기술 개발에 올인한 분야에 우리 한국이 끼어든 거예요. 게다가 유럽의 통신 표준으로의 지정이 목전에 있죠."

"대운아."

"예."

"내는 하나도 모르겠다. 그러니까 우리 기술이, 그 통신 기술이 지금 유럽을 이겼다는 기가?"

"그럼요. 유럽에서 가장 빠른 것이 핀란드의 기술인데요. 특허도 우리보다 보름 정도 빨랐는데 우리가 주목받고 있죠."

"뭐?! 먼저 특허 냈다고? 그러면 안 되는 거 아이가?"

눈빛에 걱정이 들어찬다.

"그건 걱정 마세요. 핀란드는 유럽 공동체에 가입된 나라가 아니거든요. 그리고 우리 것보다 기술력이 두 단계는 떨어져요."

"그래? 그러면 어떻게 되는 기고?"

"그러니까 유럽이 머리가 아픈 거죠. 이성으로는 우리 기술을 써야 하는데 자존심이 상하는 거예요. 오도 가도 못하고 있는데 하필 이럴 때 미국이 움직인 거고요."

"……?"

"간단한 문제예요. 대항해 시대로 절정을 맞이했던 유럽은 20세기에 들며 두 번의 세계 대전으로 완전히 쇠락해 버렸죠. 남은 건 알량한 자존심밖에 없는데. 애들에게는 실리도 중요하지만, 세계 최초라는 타이틀이 더 중요하게 됐어요. 유럽 공동체의 형성도 다 그런 이유에서 시작된 거예요. 어떻게든 자존심을 되찾고 싶어서요."

"……."

"그런 차에 앞으로 세계를 이끌 무선 통신 분야에서마저 미국에 뒤처졌다? 이건 용납하지 못하죠. 부시 대통령은 다 된 밥에 방점을 찍으러 간 거예요."

"방점이라……."

"물론 그 방점이 가장 어려운 단계긴 한데. 아무튼 유럽은 더 이상 버틸 수 없을 거예요. 더 놔뒀다가 우리가 미국과 손잡는 순간 죽 쒀서 개 준 꼴이 될 테니까요."

"……."

노태운의 표정이 석죽었다.

생각할 시간이 필요한 듯 보였다.

쿨하게 기다려 줬다. 어차피 시간은 내 편이었으니.

얼마나 기다렸을까? 노태운이 다시 입을 뗐다.

"좋다. 다 좋다. 그 기술을 우리가 갖고 있고 유럽이 쓴다 카자. 그럼 뭐가 좋아지는 건데? 핵심만 말해도."

"핵심이요?"

"그래."

"그것도 아주 쉬워요."

"쉬워?"

"두 단계나 앞서 있는 만큼 안주하지 않고 계속 연구에 매진한다면 앞으로 나오는 기술 족족 통신 표준이 될 거라는 얘기죠. 즉 우리 한국이 세계 무선 통신 분야를 이끌게 된다는 거예요. 세계 캡짱으로."

"세계 캡짱!"

"우리가 계속 개발하는 한 앞으로 세계는 우리 기술을 쓰지 않고는 절대로 무선 통신을 할 수 없게 된다는 거예요. 우리 한국의 말을 들어야 한다는 거죠. 우리가 표준이니까요. 이 정도면 황홀하지 않나요?"

"아아……."

황홀한 표정이 나왔다.

당연했다.

동족상잔의 비극 이후 거지 나라였던 한국이…… 1등 꼴등까지 줄 세우면 뒤에서 찾아야 찾을 수 있던 나라가, 그 나라가 세계 일류가 될 기회였다.

이 일을 두고 어떻게 아니 황홀할 수 있을까. 회귀한 나조차도 소름 끼치는데.

맨날 이리 치이고 저리 치이고 차관 빌리고 빚 독촉에 시달리는 게 외교란 일이었다. 오죽했으면 툭 치면 넘어갈 것 같은 일왕에게까지 희롱이나 당할까.

대한민국 대통령이라고 해 봤자 우리나라에서나 '우와~!'이지 세계에선 골목대장 수준도 아니었다.

그것을 몸으로 체득한 노태운에겐 이런 감격도 없을 것이다.

한국이 세계를 좌지우지하다니.

잠시 마네킹처럼 상상의 나래를 펴던 노태운은 별안간 무슨 생각이 들었는지 다시 움직였다.

"그럼 독도, 이어도, 영토 확정은 뭐꼬? 그건 무선 통신이랑은 상관없는 거 아이가."

"저도 제가 꺼내 놓고 놀랐어요. 하지만 돌이켜 봐도 이 시점, 우리 대한민국에겐 신의 한 수가 될 패였어요."

"신의 한 수?"

"아주 중요한 대목이죠."

"중요한 대목이라고? 독도가? 이어도가?"

모른다. 모를 만했다.

이 시대 사람들 거의 전부가 이 일에 대해선 모를 것이다.

"대통령님은 우리 영토가 어디까지인지 정확히 아시나요?"

"그야…… 한반도와 부속 도서가 아이가."

"바다는요?"

"3해리까지 아이가?"

"맞아요. 하지만 지금 유엔 해양법 협약은 3해리로는 권리

225

보호가 어렵다 여겨 12해리까지 넓히려 하고 있어요. 어업 수역도 200해리까지 하자는 국가도 많이 나오고요. 이걸 유엔에서 논의하고 있죠."

"으응?"

"만일 유엔에서 200해리까지 배타적 경제 수역으로 인정하게 된다면 무슨 일이 벌어질까요?"

"……."

"우리는 바다를 중국과 일본과 같이 쓰죠."

"아……!!"

더구나 우린 UN 가입국이 아니다.

노태운의 눈이 단번에 커졌다.

"그러면 가만히 앉아서 우리 영토를 빼앗길 수 있다는 거가?!"

"맞아요."

"잠깐잠깐잠깐만. 근데 어째서 독도와 이어도를 꺼낸 거고? 그 섬들은 어차피 우리 영토 아이가?"

"그렇긴 한데 시비가 걸리겠죠."

"웅?"

"중국과 일본이요."

"그 쉐끼들이……."

"조작되고 말도 안 되는 온갖 사료를 들먹이며 또 로비해 가며 어떻게든 이어도와 독도를 분쟁 지역으로 만들 거예요. 독도가, 이어도가 분쟁 지역이 되는 순간 그 일대 영토는 우리가 실효지배하고 있어도 우리 것으로 주장할 수 없게 돼요."

"뭐라꼬?!"

"이후부턴 아주 괴로운 싸움이 될 거예요. 우리 힘이 중국이나 일본을 압도한다면 모를까 이 상태라면 무조건 당하죠."

"말도 안 된다! 어찌 남의 땅을 자기들 거라 우길 수 있노?!"

그런 일이 많다.

이 극동에만 분쟁 지역이 다섯 개가 넘는다.

그걸 다 설명할 필요는 없으니 시선을 다른 쪽으로 돌렸다.

"남 욕할 것도 없죠. 우리부터가 바보들 천지잖아요. 이미 움직이고 있어야 할 국토 해양부 인원들 불러다 이 일을 논의해 보세요. 누구 하나 개념을 가진 사람이 있는지. 만약에 있다면 그가 바로 장관감이죠."

"대운아!"

"눈 뜨고 코 베이는 순간이 올 거예요. 하지만 적어도 우리 것은 지키고 살아야죠. 설마 대통령님은 중국을, 일본을 믿으세요?"

"아이다. 아이다. 절대 안 믿는다."

"그럼 확인해 보세요. 도대체 어떤 공무원이 대한민국의 앞날에 대해 걱정하고 준비하고 있는지 말이죠. 개념은커녕 이런 일이 벌어지고 있는지도 모르고 있는 사람들이 태반일 거예요."

"하아······."

"반면교사로 삼아야죠. 적어도 국제 흐름을 주시해야 할 의무가 있는 부서라면 이 일에 반드시 책임을 져야겠죠."

"……."

노태운이 자기 관자놀이를 짚었다.

나를 앞에 두고 장고에 들어간 것.

눈치도 좋게 신 비서는 내게 마실 것을 교체해 주었고 요깃거리도 주며 눈치를 주었다. 그냥 먹고 있으라고. 저럴 때는 기다리는 수밖에 없다고.

30분이 지났을까?

노태운의 눈에 빛이 들어왔다.

"좋다. 다 좋다. 내 당장 내일부터 알아볼 낀데. 하나만 물어보자."

"예."

"그럼 부시는 왜 니를 도와주는 기고?"

"모르세요?"

"아까 그 아들래미 얘기가?"

"그게 가장 크죠."

"다른 것도 있다는 기가? 뭔데?"

"제가 미국 시민이잖아요. 이 일을 컨트롤하는 타워가 미국에 있으니 어떻게 되든 미국에 이익이잖아요. 덩달아 자기 아들까지 페이트가 후원해 준다고 하는데. 기억해 보세요. 부시는 처음부터 저를 장대운이 아닌 페이트로 불렀어요. 선물도 기프트가 아닌 프레젠트라고 했고. 즉 페이트에게 용건이 있었다는 거죠."

"아……."

"잘 모르실 수도 있지만 페이트란 이름이 미국에선 꽤 먹혀요.
제가 그 아들이랑 같이 다니면 무슨 일이 벌어질 것 같아요?"

"……!"

"일본의 로비요? 우습죠. 금세 비교되잖아요. 전 세계를 아
우르는 미국 대통령 자리보다 그깟 돈이 더 무거울까요? 부시
가문에 돈이 없는 것도 아니고. 저한테 잘 보이기 위해서라도
부시는 최선을 다할 거예요. 약속한 거 보셨잖아요. 서로 지켜
주기로. 부시가 제 손을 잡은 거라고요. 그걸 확인하기 위해 여
기까지 날아온 거고요."

이것이 부시 대통령이 한국까지 굳이 온 가장 큰 이유가 아
닐까 싶었다.

작년 아들 부시를 보고 또 한 명의 대통령감이라고 말한 것
을 허투루 듣지 않은 것.

더구나 내 이름이 선거에 미칠 영향력을 계산해 보았다면?

나의 발전상이 결코 현재에 머물러 있지 않을 거라는 확신
이 들었다면?

부시는 나를 도울 수밖에 없었다.

내가 널 돕는다면 너는 나를 도울 테냐?

오케이.

콜.

굿.

"아무렴, 이것이 진실이 아닐까요?"

◇ ◆ ◇

며칠이 지나지 않아 아주 많은 일이 벌어졌다.

당최 이해할 수 없는 미국의 행보에 일본은 당황했고 복기-1이 유럽 통신 표준이 됨과 동시에 정홍식은 유럽의 다른 모든 요청을 무시하고 미국 FCC와의 협상에 돌입했다.

목마른 자가 우물을 판다고.

몸이 단 영국, 스페인, 프랑스, 서독, 네덜란드 등등 각 국가 통신사 대표들이 모두 미국행 비행기에 올랐다.

한국에서도 난리가 났다.

복기-1 때문이 아니었다. 청와대는 아직 이 일에 대해 언급하지 않았다.

다른 이벤트를 열었다.

국토 해양부 전 간부의 워크숍을 개최, 2박 3일간의 여정에 들었고 노태운이 직접 간담회를 주관했다. 동시에 국토 해양부를 포함, 모든 부서 공무원에 이런 공모를 붙였다.

그들에게 물었다.

-현재 대한민국이 가장 중점적으로 파고들어야 할 사안이

무엇인가?

　-대한민국 백년대계를 위해 당장 해야 할 일은 무엇인가?

　-반드시 없애야 할 폐단이 있다면 무엇인가?

　단 세 가지 질문에 대한 답으로 이런 포상을 내걸었다.

　1등 1명. 포상금 1억 원 + 대통령 표창 + 특별 진급

　2등 2명. 포상금 5천만 원 + 국무총리 표창 + 2계급 특별
진급

　3등 5명. 포상금 2천만 원 + 각부 장관 표창 + 1계급 특별
진급

　4등 20명. 포상금 1천만 원 + 지자체장 표창 + 인사 고과
반영

　바람이 불었다. 견고하기 이를 데 없는 공무원 사회가 꿈
틀댈 만큼 큰 바람이.

　그러나 질문은 쉬운 듯 너무도 난해했다.

　정확한 목표가 없는 것.

　이런 종류는 평소 염두에 두고 연구하지 않았다면 절대로
충실한 답이 나올 수 없다.

　의욕이 넘쳐 덤벼들었다지만 만만디 공무원들은 채 몇 자
적지도 못하고 펜을 꺾었고 의식이 있어 도리어 배척당했던
공무원들은 오히려 눈을 빛냈다.

　3등만 해도 1계급 특진이다.

2등은 자그마치 2계급 특진.

그렇다면 1등의 저 밋밋한 특진은 뭘까.

2등도 2계급인데 저 1등은 얼마나 올린다는 건지.

설마…….

"……!"

"……!"

"……!"

"……!"

"……!"

"……!"

1억 원도 탐나고 대통령 표창도 탐나지만.

1등의 특별 진급은 어쩌면 인생이 달라진다는 의미일지도 몰랐다.

인생 역전!

그 예상이, 그 분석이 널리 알려질수록 대한민국 공무원계가 꿈틀댔다. 꺾었던 펜을 다시 붙일 만큼.

처음엔 긴가민가 있는 듯 없는 듯 숨어 있던 달인급 인사들이 대거 참여하며 폭발적으로 숫자가 늘었다.

이 사실이 외부에 알려지자 언론은 신나게 떠들어 댔고 엄청난 반향이 일었다.

일주일 후 최종 집계된 기안서만 20만 건.

대체적으로 간이나 보자고 던진 게 상당수였지만 알찬 건도 1만에 달했다.

이렇게 모인 기안을 신 비서는 각 부처로 뿌리며 심사하게 했고 1차로 걸러진 19만 건에 대해서도 각기 분야 전문가들로만 새롭게 팀을 결성, 다시 확인하는 작업으로 2만 건을 부활시켰다.

제대로 하지 않으면 가만두지 않겠다는 신 비서의 협박에 각 부처는 총력을 다해 심사했고 다시 1백 개 수준으로 추린다.

하지만 신 비서는 또 한 번 달려들어 3백 건을 건져 올려 총 4백 건을 청와대로 가져온다. 그걸 대기하던 국무위원들이 하나씩 들춰 가며 토론하기를 일주일, 최종 28명을 선발한다.

전 국민 앞에서 시상.

빰빠라 빰빰빰. 군악대의 나팔 소리가 공간을 울렸다.

1등은 단연 국토 해양부에서 나왔다.

모두가 그의 등장에 놀라워했고 또는 기겁해했다.

6급 이상의 주사, 사무관, 서기관급 등에서 수상자가 나온 게 아니었다. 10년을 일하고도 진급에서 밀려 7급 주사보에도 못 낀 8급의 말단 직원이 1등을 거머쥐었고 또 그의 기안이 1차에서 걸러지며 패자 부활전을 통해 올라왔다는 것이 알려졌다.

현 세태를 꼬집으며 이대로 가다간 잘 있는 영토마저 위협 당한다며 당장에라도 대한민국은 동서남북 도서들을 정비, 경계를 확고히 하여 국제 사회에 인정받아야 함을 강조한 문

건이 공개됐다. 첨부된 구체적인 예시와 지표들과 함께.

하루 이틀에 완성할 자료가 아니었다.

이미 나에게 한 번 따끔한 맛을 본 노태운은 감격하여 수상자를 드높였다.

다들 왜 이러나 시큰둥한 가운데.

진짜 중요한 건 다른 건이라 말하는 이도 있었고 1등의 기안이 이미 있는 것을 풀이한 것뿐이고 새로운 개혁안이 아니라는 볼멘소리도 나왔다.

그러나 노태운은 공무원 중에도 이런 생각을 하는 이가 있었음을 안심하며 그를 대통령령으로 1급 관리관 '가'급으로 격상, 해양 행정 특수감독관으로 임명하였다.

이는 외교부로 보면 대사급이고 국방부로 보면 소장급이고 직할시로 보면 부시장급이었다.

파격적인 승진에 공무원계가 발칵 뒤집히며 왈가왈부 논란을 일으켰다. 한마디씩만 떠들어도 몇십만이라 그게 어느새 부정 청탁이니 누구의 친척이니 말들이 쏟아져 나왔다.

언론은 좋다고 실어 나르고.

결국 대통령이 직접 나섰다.

국민 앞에서 불거진 모든 의혹을 '실망'이라는 노호성으로 일축한 노태운은 누가 뭐래도 그가 참 공무원이라며 국제 사회가 어떤 논리로 흘러가고 있는지도 모르는 우물 안 개구리들은 닥치고 자기 일이나 열심히 하라 공개적으로 발언했다.

신 비서의 말로는 차관급으로 앉히려다 차관보 이상은 정치 흐름에 좌지우지되는 경우가 많아 어쩔 수 없이 1급으로 낮췄다고.

정부는 멈추지 않았다. 현재 논의 중인 유엔 해양법 협약에 대해 대대적으로 홍보하는 가운데 중국과 일본의 도발 가능성을 시뮬레이션을 통해 국민에게 보여 줬고 실제 일본이 그 작업을 하고 있음을 보여 줬다. 그렇게 얼마 지나지 않아 미군이 한국 영해 계측을 마치고 공식적인 문서로 영토를 확정한 일이 세상에 알려지며 그것이 또 향후 대한민국의 행보에 어떤 영향력을 끼칠지 나우현을 비롯한 친정부 언론에서 떠들기 시작하자 그제야 노태운의 의도를 깨달은 국민은 두 손 높여 칭송하였다.

이렇게 대한민국이 한창 섬과 바다 영토의 중요성에 대해 인지하고 있을 때.

저 멀리 모래바람이 부는 중동에서도 심상찮은 분위기가 연출되고 있었다.

이라크였다.

70년대 말부터 2차 오일 쇼크로 세계 경제 불황을 겪고 있을 시점, 미국을 등에 업은 이란은 중동 지역에 막강한 영향력을 행사하며 발언권을 높였고 주변국을 자극하였다. 그걸 눈꼴 시려 한 가장 대표적인 국가가 이라크였다.

이란이 미국만 믿고 군사력을 등한시한 걸 파악한 후세인은 1980년 이란을 침공, 원하던 이란의 석유 지대를 얻자마자 종전을 선언했으나 전쟁의 양상은 후세인의 판단과는 다르게 흘러갔다.

장장 8년간이나 이어졌고 세계 대전의 조짐까지 일자 급히 뛰어든 유엔이 중재에 나섰고 종전된 지 겨우 2년이 지났다.

이득도 없이 상처뿐인 전쟁만 겪은 이라크 국민의 지지도는 당연히 바닥을 쳤고 후세인은 권력의 유지와 피폐해진 경제를 되살릴 방법으로 쿠웨이트에 눈을 돌렸다.

곧바로 쿠메일라 유전 지대의 소유권을 주장, 분쟁을 발생시켰다. 쿠웨이트가 석유를 훔쳐 가는 것이라 떠들며 저 쿠웨이트야말로 원유 시장에 물량을 과잉 공급하여 유가를 하락시켜 우리 이라크 경제를 파탄 낸 장본인이라 비난하였다.

한국 정부는 이를 두고 우리 상황과 결부시켰다.

좋은 예시라 소개하며 영토 확정이 얼마나 중요한 일이었는지. 국방력 증대가 얼마나 중요한 사업인지를 역설하며 호시탐탐 우리를 노리는 일본과 북한을 겨냥하였다.

그렇게 1990년 8월 2일.

이라크가 쿠웨이트를 침공하였다.

"걸프전이 벌어졌네."

"진짜 전쟁이 터졌어요. 가능성이 높다 하더니."

온 세계가 이 일을 대서특필했다.

속수무책으로 무너지는 쿠웨이트를 보며 한국도 남 일 같지 않아 다들 가슴을 졸였다.

"허어…… 속전속결이네. 순식간에 밀고 들어갔어."

"그러게요. 북괴도 저러고 내려왔죠?"

"소련 탱크 앞세우고. 그러고 보니 이라크 놈들도 소련제 무기네."

"친소련 국가잖아요. 철저한 반미."

"어떻게 될까?"

"미국이 가만히 있을까요?"

"안 있겠지."

이학주와 김연의 대화에서도 그렇지만 대부분은 이 사태를 낙관하였다.

세계의 경찰국인 미국이 있고 유엔도 있으니 정의는 살아 있을 거라고.

하지만 전쟁은 발발 6일 만에 끝났다.

이라크가 쿠웨이트를 병합했다는 말과 함께 쿠웨이트를 이라크의 19번째 주로 삼았다고 발표하자 상황은 급변했다.

어, 하는 사이 나라 하나가 사라진 것이다.

이라크의 행보는 빨랐다.

쿠웨이트 국회 해산, 공항과 항구 폐쇄, 무기한 통금령 발동, 왕정 폐지, 공화정 수립, 화폐 통합 등의 조치가 쏟아져 나오며 봉쇄 조치에 들어갔다.

하지만 제도는 쉽게 바꿀 수 있어도 사람은 쉽게 안 바뀐다.

나라를 빼앗긴…… 쿠웨이트 일반 시민들이 점령군에 대항해 대규모 시위와 폭동을 일으킨다.

이를 오냐오냐 두고 볼 후세인이 아니었다.

군대와 경찰을 동원해 무자비한 진압을 하였고 이 와중에 수많은 쿠웨이트인이 학살당했다. 이 사실을 CNN만 홀로 보도하였다. CNN이 세계적 뉴스 채널로 성장한 계기긴 한데 결국 이것이 이라크에 치명적인 일격으로 작용했다.

"우리도 졌다면 저 꼴이 됐겠지?"

"살벌하네요."

"죽기 살기로 막지 않았다면 어떻게 될 뻔했을까?"

"상상도 하기 싫네요."

"김 실장 상상보다 더 심했을 거야."

"후우……. 저는 자꾸 5.18이 떠오르네요."

"비극이지. 하지만 이제 해결됐잖아. 대통령이 직접 나서서 사죄하고 죗값을 받겠다는데……. 세상에 이런 대통령은 또 없을 거야."

"그렇죠. 이번에 영토 확정한 것도 대단하지 않아요? 어떻게 그런 선견지명을 가졌죠?"

"그러니까 대통령이 됐겠지. 나는 생각할수록 일본 놈들이 괘씸해. 어떻게 사람이 양심이 없을까?"

"양심이 있으면 그딴 짓 못 했겠죠. 그냥 짐승이라고 생각하는 게 편할 것 같아요."

"짐승? 그러면 겁나 부자 짐승인가?"

"예."

"그나저나 쿠웨이트는 어떻게 될까? 진짜로 저렇게 없어질까?"

"모르죠. 세계적 공분을 샀으니 철퇴가 떨어지지 않을까요?"

세계인이 분노하였다. 백인 외 다른 인종의 인권은 그리 중요하게 생각지도 않은 국가들이 하나같이 일어나며 이라크를 비방했다. 그렇지 않아도 중동에 친미 세력이 줄어드는 것이 못마땅했던 미국은 명분을 쥐자마자 경제 제재부터 가했다.

그러나 이라크는 이미 전쟁에 익숙한 나라였다. 이란과의 8년 전쟁을 잊지 않았고 각 가정마다 최소 8달분의 식량을 갖추고 있었다. 무슨 일이 벌어질지 모르니까. 더구나 이 일을 대목으로 삼은 주변국에서 밀수까지 해 주자 경제 제재는 유명무실.

결국 치고받는 것밖에 없음을 깨달은 미국은 정의를 부르짖으며 세계에 도움을 요청했다.

하지만 이라크의 저항도 만만치 않았다.

후세인은 베트남전을 떠벌리며 미국이 결코 천하무적이 아님을 밝혔고 베트남처럼 온 국민이 결사 항전한다면 반드시 승리하여 영광을 맛보게 될 거라 선동했다.

100만 군세가 잔뜩 오므린 개구리처럼 긴장감을 팽팽하게 당겼다.

32개국이 참전하였다. 미국을 따르는 거의 모든 국가가 참전하였는데 한참 나중에 문제가 될 시리아도 한편에 있었다.

한국도 의료 및 수송 요원으로 300명가량 참전. 쿨하게 자국 내로 다국적군 병력이 들어올 수 있게 길을 열어 준 사우디아라비아도 역시 참전하였다.

세계 역사에서도 다시없을 센세이셔널한 다굴전이 시작된 것이다.

"싸우려나 보네."

"우리 때도 꽤 오래 싸웠는데 얼마나 걸릴까요?"

"이라크 병력도 만만치 않더라고. 걔들도 100만이래. 이란과의 전쟁도 사실상 승리한 거고."

"그래요?"

"수도 바그다드의 대공망 수준이 모스크바, 평양급이라잖아. 거기 들어갔다간 다 죽는대. 다국적군의 피해가 상당할 거라던데."

"이라크가 그렇게 강했어요?"

"그렇겠지. 그러니까 세계랑 맞짱 뜨려는 거 아냐?"

"이상하네요. 그럼 쿠웨이트는 여태 뭐 한 거예요? 바로 옆에 친소련 국가가 100만 대군을 보유하고 있는데 놀고먹은 거예요? 걔들 미친 거 아니에요?"

"……그러네. 걔들 병력이 5만도 안 된다고 들었던 것 같은데."

"미친놈들. 그러니까 단번에 쓸려 나갔죠. 개같은 꼴을 당해도 싸네요. 걔들은 대체 무슨 생각으로 산 거예요?"

"미국만 믿었겠지."

"그래서 저 꼴을 당하고요? 설사 보복을 해 준다 하더라도 이미 맞은 거잖아요. 이미 당한 거잖아요."

"그렇지. 이래서 자주국방이 중요하다는 건데."

"역시 우리가 대통령 하나는 잘 뽑은 것 같네요. 군면제를 없애 버리고 30억 내면 국방의 의무를 면한 거로 쳐준다길래 무슨 개똥 같은 소리를 하나 했는데. 저렇게 나라가 먹히고 나면 면제가 무슨 소용이래요? 면제자들 돈 받아 전투기라도 한 대 더 사는 게 낫죠. 그게 훨씬 현명하네요."

"이게 그렇게 흘러가는 건가? 그래도 돈 받고 면제시켜 주는 건 좀 아니지 않아?"

"저도 처음엔 그런 거라고 생각했는데 이젠 좀 달리 보여요. 그렇잖아요. 대학도 잔디 깔아 주면 입학시켜 준다는 말이 떠도는데. 있으나 마나 한 놈들 돈이나 뜯어서 탱크 사고 대포 사는 게 훨씬 좋을 것 같아요."

"그러네. 자네 말이 일리가 있어."

"우리도 정신 차려야 해요. 쿠웨이트 꼴 안 당하려면 국방만큼은 가벼이 해선 안 된다고요."

"알았어. 알았어. 근데 상반기 결산은 했어?"

김연이 너무 진지해지자 이학주는 일단 화제를 돌렸다.

이런 문제는 타협도 없고 자칫 논란만 가중될 수 있기 때문이었다.

"결산이요?"

"어땠어?"

"아~ 이번엔 좀 저조해요."

"저조해?"

"1,750만 장 나갔어요."

"페이트 앨범이? 아님, 전부 다?"

"페이트 앨범만요."

"절반으로 줄었네."

"예."

"……."

"……."

"……."

"……."

"……."

"……."

"……근데 좀 웃기네."

"뭐가요?"

"1,750만 장이잖아. 남들은 평생 닿기도 어려운 숫자. 장당 7달러 매출이지? 대충 1억 2천만 달러가 나오네. 대한민국에 이런 판매고를 자랑하는 아티스트가 있었나?"

"……?"

"우리가 말이야. 너무 3,000만 장, 4,000만 장에 익숙해진 건 아닐까? 장 총괄도 그래미에서 교만에 대해 얘기했잖아.

어쩌면 이것만도 미친 듯이 감사해야 하는데 저조하다고 하고 정말 그러네 하며 고개나 끄덕이고. 쿠쿠쿠쿡, 너무 웃긴 것 같아서."

"어! 어어…… 그러네요. 바로 곁에서 총괄님을 모시고 있음에도 제가 벌써 교만했네요. 1,750만 장이면 우리나라 1년 전체 앨범 판매 합계보다도 많을 텐데."

"아, 너무 그럴 필요는 없어. 나도 일부러 꺼낸 건 아니고…… 쉴 새 없이 잘나가다 보니까 이런 생각이 들더라고. 장 총괄한테 업혀 가는 주제에 너무 나대는 건 아닌가 하고."

"……."

"김 실장도 잘 생각해 봐. 처음 우리가 이 길을 걸을 때의 심정이 어땠는지. 나는 똑똑히 기억해. 남한산성에서 충성 맹세를 하던 김 실장의 모습을 말이야."

"……예."

"나도 똑같아. 조용길 이사가 옆에서 다 봤지. 하하하하하, 이거 좀 민망하네."

자리에서 일어나는 이학주였다.

"가시게요?"

"가야지. 장 총괄은 다 퍼 주려 하지만 나는 받아먹기만 하면 안 되잖아. 내 역할이 어디까지고 어디까지 누려야 하는지 선을 그으려면 며칠은 꽤 복잡할 것 같아. 수고하라고."

"아, 예. 고생하십시오."

"김 실장도 고생하라고. 나도 고생할 테니. 하하하하, 이것 참, 역시 또 민망하네."

머리를 긁으며 돌아가는 이학주를 보며 김연은 피식 웃었다. 그리곤 언제 그랬냐는 듯 조용히 스스로에 눈을 돌렸다.

◇ ◆ ◇

이학주와 김연이 나름대로 내적 성찰에 들어가고 있을 때 나는 정복기와 함께 있었다.

복기-1이 유럽과 미국에서 급물살을 타고 있을 시점이라 다음 세대를 책임질 기술은 이제 더 이상 충분조건이 아니라 필요조건이 되었다.

무선 통신 기술이 이제 멈출 수 없는 수레바퀴가 된 것이다.

다행히도 난 전작을 통해 CDMA의 원리에 대해 꿰고 있었다.

나로서는 당연히 참여할 수밖에 없고 정복기에겐 내가 바로 아이디어의 화수분 주머니이니 자주 만나는 게 좋았다.

"일을 시작할 때만 하더라도 암호화 프로그램을 만드는 게 제일 중요한 문제라고 생각했습니다. 헌데 가면 갈수록 암호화 코드 진행은 단지 하나의 요건일 뿐이라는 생각이 들더군요. 정작 중요한 문제는 따로 있는 것처럼 말이죠."

"그래요? 그 정도까지 갔다는 건 암호화 코드 진행은 어느 정도 성과를 봤다고 봐도 무방하겠네요."

"그렇습니다. 영어 알파벳과 한글 기호, 숫자, 기타 부호들의 조합만으로도 수억, 수십억, 수백억 원하는 대로 각기 다른 정렬을 뽑아낼 수 있습니다. 그것을 각 사용자에게 지정, 전송하고 또 받은 이는 자신의 암호키로 데이터를 복호화하며 끝나는 것이니까요. 어렵지 않습니다. 기존의 원리에 기능 하나 더 붙이는 것이니까요."

"효과는 어때요?"

"획기적이죠. 단연 최고라 할 수 있습니다."

"얼마만큼요?"

"비교가 안 됩니다. 암호화되는 만큼 개별적 성격이 커지게 되고 이러면 다른 사용자의 신호 성분은 자연스레 잡음으로 처리되거든요. 그러니까 코드 벡터의 직교성과 분리되는 건 아예 다른 신호로 무시되니까요."

정복기는 쉽다 말하지만, 진짜 쉬웠으면 GSM이 세계를 선점하기 시작하고도 5년이나 지나서야 CDMA가 상용화 되지는 않았을 것이다.

점점 갈수록 괴물이 되어 가는 정복기였다.

하지만 나도 질 수는 없었다.

나는 스마트폰까지 본 남자.

5G가 뭔지 경험한 남자.

이거다 싶으면 빗장 풀고 헤드뱅잉하는 남자.

"결국 뿌리는 기술이 문제라는 거네요. 현재로선 '건 바이

건'이 될 테고 이런 식이면 이 기능을 탑재한다 한들 크게 효과를 못 볼 테니까요. 또 거는 쪽이나 받는 쪽도 덩치가 커질 수밖에 없고요. 비싸지고요. 맞나요?"

"예."

"일단 정리해 보죠. 정 대표님 말씀으로는 현재 복기-1이 가진 한계. 주파수, 시간이라는 물리적인 혼선 방지 방법을 우린 코드라는 논리적인 방지책으로 전환하는 것에는 성공했다는 거죠?"

"대안을 찾아낸 거죠. 총괄님의 지시에 의해서."

"그건 꼭 강조하실 필요 없으세요. 정 대표님의 실력은 유럽이 인정했고 미국도 인정할 건데요."

"그렇지 않습니다. 저는 이 분야에 대해선 원래 관심도 없었고 그다지 기술력도 가지고 있지 않았습니다. 모두 총괄님께서 이끄는 대로 움직이다 보니 여기까지 온 것뿐이죠."

"겸손한 말씀이시지만 저부터가 인정했으니 이제부터는 받아들이세요. 정 대표님은 능력자세요."

"능……력자라고요?"

"그럼요. 세계에서 정 대표님보다 이 분야에 혁신적인 사람이 있던가요?"

"……총괄님이요."

"저 말고요."

"으음……. 아마도 거의 없다고 보는 게 맞을 겁니다. 유럽마저 복기-1을 통신 표준으로 인정한 걸 보면."

"그래요. 이제 남은 건 코드를 어떻게 뿌리고 거두냐는 것이네요. 어떤 방식으로 뿌리는가에 따라 자원적 차이가 아주 많이 나겠죠?"

"맞습니다. 최적을 찾아내지 못한다면 어쩌면 유명무실해질 기술이 될지 모릅니다."

그럴 리가.

웃어 주었다.

정복기가 내 미소를 보고 '설마'라는 표정을 지었다.

맞다. 내가 이렇게 웃을 때마다 신박한 아이디어가 나왔으니까.

"제가 이럴 때를 대비해 공부를 좀 했는데 들어 보실래요?"

"총괄님…… 또입니까?"

"아, 이건 제 상상의 산물은 아니에요. 있는 기술이에요. 당시엔 기반 산업이 열악해 사장되긴 했지만."

"그런 기술이 있었습니까?"

"있죠. 그것도 유럽에 있더라고요."

"유럽에요? 허어……."

"그것도 모르고 전부 다른 곳에 매달려 있죠. 그런 놈들이 감히 누구한테 노란 원숭이라고 부르는 건지. 안 그래요?"

"그게……."

얼른 말이나 해 달라는 표정이었다.

"알았어요. 알았어요. 말씀드릴게요."

CDMA의 마지막 단추는 암호화 코드 진행이 아니라 뿌리고 거두는 법의 확정이었다.

나는 이걸 내 상상력의 산물로 치부하고 싶었으나 이미 유럽에 기술이 있었다.

직접 확산 스펙트럼 혹은 직접 시퀀스 대역 확산이라 부르는 기술이 바로 그것이었다.

일명 DSSS.

스위스의 발명가인 구스타프 과넬라가 1942년 발명한 대역 확산 변조 기술.

나는 이걸 가져다 과감히 복기-1에 붙일 생각이었다.

왜냐하면. 그래도 되니까.

왜?

특허 인정 기간이 만료된 기술이니까.

특허는 저작권처럼 사후 몇십 년까지 유지되는 게 아니라 독점 존속 기간이 20년밖에 되지 않는다. 독점 기간이 지나면 모두가 사용해도 된다. 인류 공영을 위해.

그러니까 지금은 1990년.

이 기술을 사용한다 한들 누가 뭐랄 사람도 없고 돈 내라는 사람은 더더욱 없다. 물론 이 기술을 사용한 건 당분간 비밀로 해야겠지만.

"찾아보세요. 그것만 탑재하면 복기-2가 세상에 나오는 거죠."

"하아……."

"왜 그러세요?"

"이러다 복기-3, 복기-4도 나올 것 같아서요. 두렵습니다."

"어! 어떻게 아셨어요?"

"정말입니까?"

입을 떡.

"왜 안 그러겠어요. 전 이 세상 전부를 복기 시리즈로 덮을 생각인데."

"총괄님…… 제발. 그냥 다음부터는 페이트-1, 페이트-2로 하면 안 됩니까?"

애처롭게 사정한다.

으음, 단호히 거절한다.

"안 돼요. 얼마나 멋진데요. 복기 시리즈."

"꼭 복실 강아지 시리즈 같아서……."

"그거야……. 흠, 그건 한국 사람한테나 그런 거고요. 외국 인에게는 얼마나 좋은 이름인데요. 전 앞으로 통신업 공부할 때는 무조건 복기 시리즈로 공부하게 할 거예요. 그러니 곱게 개발하세요. 알았어요?"

"후우……. 제가 어떻게 총괄님을 당하겠습니까. 알겠습니 다. 정말 그것의 효율이 좋다면 늦어도 올해 말까지는 시연이 가능할 것 같습니다."

"복기-1과의 호환은 당연해야겠죠?"

"물론입니다. 1,800MHz 대역폭에서는 별도의 장치가 들어가야 하는 건 똑같지만…… 어! 만일인데요. 만일 그 기술이 우리와 찰떡이면 당장 드는 생각으로는 주파수 대역 부족 현상도 의미 없어질 것 같은데요. 900MHz 대역폭 내에서도 충분히 세계 인구를 감당할 수 있을 것 같아요. 이거 장난 아니네요!"

그랬다. GSM의 가장 큰 단점은 사용자의 불편이었다.

아무리 자존심이 강하다 하더라도 사용자의 불편은 쉬이 넘길 수 없는 요소였고 GSM도 결국 3G로 넘어갈 시점엔 코드 분할 테크를 타게 된다.

이번에 나도 복기-1이 유럽 무선 통신 표준으로 인증받으며 정홍식으로부터 저들의 계획을 일부 들은 바 있었다. 2000년까지 2천만 개통이라나 뭐라나. 그 이후는 생각지도 않았단다.

이따위 안목으로 무엇을 선도한다는 건지.

CDMA 기술은 필수였다. 주파수로도 시분할로도 감당할 수 없는 시대가 분명 열린다. 어떤 기술을 추가해도 사용자가 불편할 때가 온다는 것.

CDMA는 그런 무선 통신업의 차세대 혁신이나 마찬가지였다.

"우리도 이젠 멈출 수가 없지."

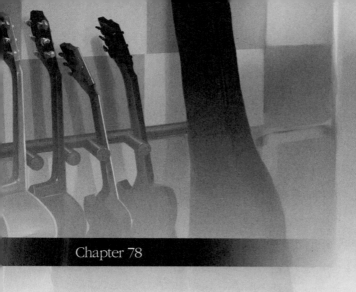

Chapter 78

"예? 뭐라고요?"

"그게…… 저도 좀 의문이라. 갑자기 들어온 제안입니다."

CDMA를 향해 차근차근 발을 딛고 있을 때 느닷없이 한국 전자 통신 연구원(ETRI)에서 제안이 하나 들어왔다.

"대뜸 새로운 이동 통신 표준을 공동 개발하자고 하는데요?"

"왜요? 아니, 우리나라도 준비하고 있었어요?"

"저도 잘…… 그 사람들 말로는 올 초 모토로라에 먼저 제안을 했는데 가타부타 답이 없더랍니다. 이번에 우리를 본 거고요."

당혹은 둘째 치고 우선 신기했다.

TDX-1 이후 대충 시간이나 때우고 있는 줄 알고 있었는데 무선 통신 산업을 주목하고 있었다니.

"어떻게 할까요?"

"잠시요. 잠시 대기."

생각할 시간 아니, 확인이 필요했다.

신 비서의 직통 번호를 눌렀다.

"예, 저예요. 다른 일이 아니라 ETRI에서 제안이 들어왔는데요. 아아, 맞아요? 예, 모토로라에 무시당한 건 맞나 보네요. 그래서 미국 업체를 수배 중 퀄컴이라는 회사를 컨택, 손 내밀려 준비 중인 걸 이쪽으로 트셨다고요? 작년 말에 이 작업에 대한 결재가 떨어졌고요? 아아, 대단하네요. 알겠어요. 되도록 긍정적으로 생각해 볼게요. 예예, 늘 감사하죠. 이번 영토 건이요? 아니에요. 아니에요. 모든 공은 대통령님이 받으셔야죠. 저도 국민인데 결국 저에게도 혜택이 돌아오잖아요. 예예, 그럼 들어갈게요."

전화를 끊고 나서 제일 먼저 든 생각은 '난감'이었다.

정신이 똑바로 박혀 있어 곤란해졌다고 한다면 이상한가?

모름지기 공동 개발이란 레벨이 엇비슷해야 가능하였다. ETRI와 오필승 테크는 수준 차가 세계적 인증을 받을 만큼 극명.

그러니까 이 시점, 굳이 ETRI랑 붙어서 우리가 무엇을 얻을 수 있을까?

거국적 칭찬?

"뭐랍니까?"

"될수록 좋게 봐 달라는데요. 작년 말부터 시작했다고요. 미국 퀄컨이라는 회사와 컨택이 될 뻔했고 우리 소식을 들은 청와대가 급히 핸들을 돌렸다네요."

"으음…… 청와대요? 어쩌시렵니까?"

청와대가 나오자 정복기도 사안의 심각성을 깨달은 표정이 되었다.

"ETRI와 손잡으면 뭐가 좋아지는 거죠?"

"으음, 인프라요?"

이건 인정.

"하긴 아무래도 그쪽 시설이 잘돼 있겠죠?"

"탐탁지 않으십니까?"

"우리 기술이잖아요. 다 된 밥에 숟가락 얹으려는데 기분 나쁘죠."

"저도 살짝 그런 느낌이 듭니다."

"우리 진행률은 어떻게 되고 있나요?"

"놔두면 퀄컨이고 나발이고 다 뭉개 버릴 수 있습니다. 결국 무선 통신은 코드 분할로 가야 할 테니까요."

자신감을 보이지만.

그랬다. 이게 문제였다.

우리는 복기-2의 완성을 목전에 둔 상태.

이럴 때 공동 개발이라면 대체 무엇을 공동으로 개발한다는 건지.

이런 걸 좋다고 같이 할 기업이 있을까?

하지만 또 ETRI가 퀄컴에 이용당하는 꼴을 보는 건 또 아니었다.

'까도 내가 까야지.'

퀄컴에 대해서는 나부터가 인식이 좋지 못했다.

우리나라에 본격 무선 통신 시대가 열리고 우리가 내준 막대한 로열티로 사세를 키운 주제에 시시때마다 갑질해 댄 꼴을 생각하면 지금 있는 것도 다 조져 버리고 싶었다.

"차라리 아무것도 하지 않았던 게 더 나았던 것 같은데요."

"그러네요. 괜히 골치나 아프고."

점점 더 머리가 아파 왔다.

놔두자니 물가에 내놓은 아이 같고 안고 가자니 내가 먼저 피 토하고 죽을 것 같고.

아무래도 안 되겠다.

신 비서에게라도 먼저 까야겠다.

"예, 전데요. 그냥 아무것도 안 하고 있으면 안 될까요? 퀄컴이랑 손잡아 봤자 가진 기술력만 강탈당할 거예요. 어렵죠. 어려워요. 기술력의 격차가 너무 커요. 공동 개발이라고 해 봤자 ETRI가 할 일이 없어요. 아무리 좋게 생각해 봐도 방해만 안 하면 다행이고요. 예, 맞아요. 복기-2가 곧 나와요. 이런 시점에 기술 투자를 해 봤자 예산만 낭비될 거예요. 죄송해요. 예예, 그렇게 해 주세요. 열정은 아는데. 길이 너무 험해요. 대신 제가 다른 부분으로 생각해 볼게요. 예예, 그럴게요."

모토로라가 ETRI의 제안을 묵살한 건 얻어먹을 건더기가 없어서였다. 반면, 미국의 퀄컴이 친절한 미소로 우리와 손잡은 건 그들에게 다른 대안이 없고 그나마 있는 ETRI 기술이라도 빨아먹기 위해서였다. 그러다 덜컥 성공한 것이고.

그나마 모토로라가 양심적인 것.

그럴수록 나는 퀄컴이 괘씸했다.

"언제 망할지 모를 GPS 회사 따위가 감히 누굴 농락해."

"예?"

"아니요. 대표님은 복기-2 개발에 올인해 주세요. 곁가지는 제가 쳐 낼 테니."

"그렇습니까? 알겠습니다. 저는 그럼 연구실로 돌아가겠습니다."

"고생해 주세요."

문을 나서는 정복기를 보며 다시 생각해도 바른 판단이라는 느낌이 들었다.

ETRI는 현재 가만히 있어 주는 게 도움이다.

가마 이써!

나설수록 손해였고 멍청한 계약으로 알토란 같은 기술만 강탈당할 것이다.

물론 ETRI 쪽도 보통 인물들로는 구성되지는 않았을 테지만 온실 속 화초였고 환경의 결이 달랐다.

무엇보다 ETRI엔 유럽에서 대천재라 인정받는 정복기가 없었고 나 같은 정확한 진로 안내자가 없었다.

　　시행착오를 무수히 겪어야 했다.

　　이것이 진실.

　　하지만 세상사 혼자서만 잘나면 시샘을 받는 법.

　　굳이 적을 만들 필요가 없으니 알맞은 먹거리가 필요했다. ETRI가 고마워할.

　　그걸 고민하다 보니 어느새 저녁이 되었다.

　　퇴근할까 하는데 전화가 울린다.

　　"예, 총괄실입니다."

　　[저입니다.]

　　정홍식이다. 우리의 Hero.

　　"어! 거기 새벽 아닌가요?"

　　지금 우리 시계로 저녁 6시 30분.

　　워싱턴 D.C. 시계로는 새벽 5시 30분.

　　[조금 일찍 일어났습니다. 가끔 그런 날 있지 않습니까? 저절로 눈 떠지는 날. 오늘이 바로 그날입니다.]

　　"그런가요?"

　　[다행입니다. 퇴근 안 하셔서.]

　　"무슨 일 있어요?"

　　[일은요 항상항상 많죠. 제 업무량을 모르십니까? 아마도 오필승 최고가 아닐까 생각됩니다만.]

"아…… 예."

연봉도 최고죠. 다른 사람들이 들을까 말을 못 한다. 내가.

[FCC와의 미팅부터 말씀드릴까요?]

"좋죠."

[결론적으로 서로의 입장은 잘 확인했습니다. 내년 초에 발표하자더군요. 세계 최초의 무선 통신 상용화는 유럽에 양보했다면서요.]

"그렇게 합의 본 모양이네요. 그까짓 타이틀이 뭐가 중요하다고…… 그럼 그때까지 기다려야 하는 거예요?"

[그럴 필요는 없죠. 그건 그거고 계약은 계약이죠. 발표만 내년 초이고요. 우린 우리끼리 우선 진행하기로 했습니다. 그걸 위한 테스트도 무사히 통과했고요. 굉장히 이례적이었다고 할 수 있습니다. 처음부터 끝까지 호의적이었다는 데서요.]

부시 대통령의 얼굴이 떠올랐다.

제대로 밀어주는 모양.

이런 식이라면 세계적 통신 재벌의 탄생도 그리 먼 일이 아니었다.

아닌가? 어쩌면 이것도 부시의 구상 중 하나일까? 어쩌면 나를 미국 명예시민으로 위촉한 것도?

혼자서 많이 나간 건 아닌가 의심해 보았으나 왠지 촉이 그랬다.

그는 애덤스 가문 이래로 없던 미국에 두 번째 부자(父子)

대통령 집안을 만들고 싶어 했으니까. 아들 부시가 망나니짓을 많이 한 것도 나의 필요성을 드높였고.

"호의적이라는데 거부할 이유는 없겠죠. 이왕지사 그렇게 잘 봐주고 있다면 최대한 끌어당기세요. 곧 복기-2가 완성돼요. 그때부터는 누구도 우릴 따르지 못할 거예요."

[그렇습니까? 오호호, 정 대표가 또 한 건 해내나 보네요. 알겠습니다. 저도 따로 준비하겠습니다.]

"예, 다른 건 또 없나요?"

[당연히 있죠. 아이고, 숨 가쁩니다. 총괄님, 세상에서 우리처럼 빠른 회사도 없을 겁니다.]

"아, 제가 너무 급했나요?"

[아닙니다. 용건만 간단히 끝내기 싫어 제가 응석을 부린 겁니다. 깊게 생각하지 마세요.]

응석?

정홍식의 입에서 처음 듣는 말이라 나도 순간 멈칫했다.

'아차!'

정홍식은 먼 곳에서 일하는 사람이다.

아무리 담대하다 해도 사람이니만큼 외로울 수밖에 없었다. 어쩌면 이런 보고에도 그 외로움이 묻어 있다고 생각하니 가슴이 아팠다.

그런데 이도 문제였다.

이제 중딩인 나랑 불혹을 바라보는 아저씨랑 무엇이 애틋

하다고 미주알고주알 예쁘게 얘기를 나눌까.

방법이 없어 그냥 오늘 있었던 일을 재잘재잘 떠들어 줬다.

미안함을 담아서.

"그렇더라고요. ETRI가 비록 우리나라 통신업에 기여한 바가 크긴 하나 세계는 발 한 번 잘못 디디면 낭떠러지로 몰리잖아요. 같은 통신이긴 해도 유선과 무선은 궤를 달리하는데 너무 무모하다 생각했어요."

[그렇습니까? 하긴 전화선이나 만지던 이들이 갑자기 튀어나왔으니 총괄님이 당황할 만도 하겠습니다. 그렇다고 완전히 무시하기엔 애국심이 들끓고요.]

"맞아요. 딜레마죠. 다른 국가라면 눈 하나 깜짝하지 않을 자신이 있는데. 우린 또 국가와 민족에 약하잖아요."

[이왕이면 다 같이 잘살면 좋은데. 그게 쉽지가 않네요. 전화선을 개량하는 방법은 없나? 전화 속도를 빨리하면 안 되…… 하하하하, 제가 무슨 말을 하는지. 세계 최고의 무선 통신 기술을 다루면서 아무 말이나 막 하고.]

"예?!"

곁에 있었다면 멋쩍은 표정으로 머리를 긁는 정홍식을 볼 수 있었을 것이나 나는 그런 것에는 신경 쓸 겨를이 없었다.

번쩍하고 좋은 아이디어가 떠올랐다.

"그거예요. 그거!"

[예?]

"바로 그거예요. ETRI에 던져 줄 먹거리. 아아~ 제가 왜 그 생각을 못 했죠? 아아, 정말 바보 같네요. 어째서 그걸 떠올리지 못했는지."

이것도 전작에서 내가 다뤘던 분야였다.

일반 전화선을 사용한 고속 데이터 통신.

고구마 백 개 들이켠 것처럼 꽉 막힌 속이 한 방에 뚫리는 사이다였다.

"이 일이 마무리되는 대로 가 주실 곳이 있어요."

[예? 갑자기요?]

"예, 갑자기요."

[어딥니까? 어디길래 또 우리 총괄님 심장을 두드렸나요?]

"벨코어 연구소에 가 주세요."

[벨코어 연구소라면 AT&T인가요?]

"맞아요. 거기에서 DSL(Digital Subscriber Line)이란 기술을 사 주세요."

[DSL이요?]

"VOD 서비스를 위해 개발한 기술인데. 당시 산업 기반이 약해 사장된 기술이에요. 지금쯤 천덕꾸러기 신세가 됐을 건데……. 개발비가 꽤 들었거든요."

[으음, 알겠습니다. 바로 진행하겠습니다.]

묻지도 따지지도 않고 받아들인다.

이게 바로 상호간 신뢰가 아닐까.

뿌듯한 마음에 실실 쪼개고 있는데 정홍식이 또 태클을 걸었다.

[이런이런이런, 보고 하다가 일이 또 늘어 버렸네요. 이래서 직장 상사와는 마주치지 않는 게 진리인가 봅니다.]

"아…… 죄송해요."

[뭐 괜찮습니다. 이젠 놀랍지도 않습…… 아닙니다. 오늘은 조금 더 솔직해지겠습니다. 정신이 하나도 없네요. 어서 가서 모닝커피라도 마셔야 살 것 같습니다. DSL이라.]

"얼른 전화 끊고 가세요. 제가 또 욕심을 부렸어요."

[커피가 간절하긴 하지만 제가 또 일을 놓치는 스타일은 아니지 않습니까. 마지막 보고도 마저 하고 가겠습니다.]

"뭔가요?"

[역시 잊고 계셨군요. 어떻게 이러실 수 있을까요? 한두 푼이 걸린 문제가 아닌데. 9월 하면 생각나는 사안이 없으십니까?]

"9월이요?"

모르겠다. 9월에 뭐가 있지?

얼른 달력을 봐도 추석조차 없는 맨땅이었다.

뭐지? 뭐가 있지?

[머리 굴리시는 소리가 여기 미국까지 들립니다.]

"죄송해요."

[뭐, 괜찮습니다. 잊으실 수도 있지요. 원래 사람이 좀 잊고 살고 그래야 인간적이지 않습니까?]

"힌트라도 주세요."

[일본입니다.]

"아!"

옵션.

9월.

작년 말부터 추락하기 시작한 닛케이의 마지막 방점.

얼른 그래프를 그려 봤다.

'90년 9월 말 19,400P, 91년 2월 말 27,400P, 91년 10월 말 25,200P. 92년 7월 말 13,900P.'

마음만 먹으면 몇 탕은 더 할 수 있었다.

하지만 지금 중요한 건 그게 아니었다.

"정리됐나요?"

[싹 치웠습니다.]

"결과는요?"

[1차 32.8, 2차 72.4입니다.]

"……!!!"

소리 지를 뻔했으나.

꾹 눌렀다.

나는 침착하다.

나는 침착하다.

"넣은 금액은요?"

[1차 1백억 엔, 2차 170억 엔입니다.]

끝. 끝. 끝.

계산해 보자.

1차 3,280억 엔. 2차 1조 2,308억 엔.

단 한 번의 베팅으로 1조 5,588억 엔의 수익이 났다.

정신 차려야 한다.

정신 차려야 한다.

"회수는…… 됐나요?"

[총괄님께서 너무 확신하시길래 혹시 몰라 건 바이 건으로 보험도 들어 두었습니다. 증권사 두 곳이 삐걱댔지만 말이죠.]

완벽.

침착하자.

침착하자.

"언제 끝난 거죠?"

[어제부로 완벽히 회수됐습니다.]

이것이었다.

정홍식이 새벽부터 전화한 이유.

'후우…….'

과연 눈이 번쩍 떠질 만했다. 나조차도 숨 쉬기 곤란할 지경인데 눈앞에서 숫자 늘어 가는 걸 본 사람들은 어땠을까? 메간과 라일리는 또 어떻고.

배가 너무 불렀다. 더는 못 먹을 만큼.

"한탕 더 하려고 했는데. 이 정도면 물러나도 되겠죠?"

[또 할 수 있습니까?]

"이번엔 콜이요."

[오른다고 보시는군요.]

"순식간에 뛰어오를 거예요."

[오오, 그럼 휴가는 뒤로 미뤄야겠군요.]

"하시려고요?"

[하는 김에 뽕을 빼시죠. 일본 애들 하는 꼴이 영~ 눈꼴 시린데. 돈이나 왕창 긁어내죠.]

"침착하시네요."

[실망이죠.]

"예?"

[조금쯤은 흔들릴 줄 알았는데. 제가 진 기분입니다.]

"아……."

[지시해 주십시오.]

뭔가 할 말이 있었는데.

순간 까먹었다.

모르겠다. 지시나 하자.

"그러면…… 내년 2월 만기로 콜을 잡으세요."

[바로 이행하겠습니다. 아, 물론 벨코어 연구소도 이 잡듯 뒤집고요.]

"고생해 주세요. 기대할게요."

[걱정 마십시오. DG 인베스트는 돈이 넘쳐 나는 투자 회

사입니다. 앞으로 더 벌 것 같고요. 저도 이젠 제 위치를 알기 때문에 여간해서는 밀리지 않습니다.]

"알겠어요. 부탁드릴게요."

[옙.]

나도 이쯤에서 선물을 하나 줘야겠다.

"실은 저도 지금 손이 떨리고 있어요."

[예?! 그렇습니까? 아하하하…….]

딸깍.

부끄러운 마음에 끊어 버렸지만, 뒷말은 듣지 않았어도 알 수 있었다.

"후우……."

그래도.

이제는 마음껏 좋아해도 되려나?

"……1조 5천억 엔이라니."

대한민국 1년 예산이 22조 원일 때였다.

엔화 환율이 100엔에 500원 할 때니까 1조 5천억 엔은 곧 7조 5천억 원이 된다.

이 시점, 나보다 돈 많은 한국인은 없을 것이다.

"후우……."

기분이 묘했다.

노렸고 또 노림수가 적중해 일확천금을 벌긴 벌었는데.

이 큰돈이 정말 내 것인지.

"……."

왠지 내 인생 1막의 완결을 장식한 것 같은 느낌이랄.

미리 말하지만, 이번 일본 시장 공략은 어느 날 갑자기 회귀하며 첫 번째로 꼽은 인생 점핑의 기회였다.

본의 아니게 가요계로 오며 많이 희석되긴 했는데…….

감회가 남달랐다.

"……."

괜히 팔다리에 힘이 빠지고 몸이 축 늘어지고.

어쩔 수 없이 소파에 기대 한참을 누워 있었다.

밋밋한 천장, 아무도 들어오지 않는 총괄실.

적막하기도 하고 나 혼자 홀로 뚝 떨어져 있는 것 같기도 하고.

이런 게 번아웃인가?

모르겠다.

의욕도 사고도 모두 정지.

어떻게 퇴근했는지도 잘 기억나지 않았다. 할머니들의 환대에도 내 정신은 전혀 다른 곳에 있었다.

"뭐 해?"

"……."

"뭐 하냐고, 인마."

찰싹.

등짝이 아팠다.

정신이 번쩍.

눈앞에 한태국이 있었다.

"어!"

"뭐가 '어!'야. 오늘 왜 이래? 인사도 안 하고 멍하니 앉아만 있고."

"응?"

"얘가 진짜 이상하네. 너 어제 무슨 일 있었냐?"

"뭐가?"

"정신 차려 인마! 이제 1교시 수업 시간이야."

"아……."

학교였다.

시야가 넓어지며 교실의 풍경이 눈에 들어왔다.

우와~.

내가 지금 무슨 일을 겪은 건지.

"사람이 이렇게도 될 수 있는 건가?"

"무슨 또 헛소리야. 선생님 오실 때 됐다고. 책 안 꺼내?"

"으응?"

"또 멍때리네. 수업 안 들을 거야?"

"들어야지."

"책 꺼내."

"응."

꺼내려 했다.

책이 많네.

1교시가 뭐지?

"국어다. 담임 수업."

"아……."

주섬주섬 꺼내는데.

"너 어제 무슨 일 있었냐? 왜 이래?"

"아, 그게…… 모르겠어. 나도 지금 좀 신기해서. 잠깐만 내버려 둬 줄래? 생각 좀 해 보게."

"뭘 또 생각을 한다고. 알았다."

쿨하게 시선을 돌려 주는 한태국을 보면서도 나는 도통 믿기지 않았다.

회귀한 이래, 내 머리가 이전과는 달라졌음을 깨달은 이래 처음 겪는 블랙아웃이라.

'세상 모두가 내 통제 아래 있다고 여겼는데…… 오산이었나?'

신선하기도 하고 겁나기도 하고 갈피를 못 잡겠다.

수업을 어떻게 했는지, 점심은 어떻게 먹었는지, 누가 무슨 말을 걸었는지…… 나는 내 앞에 던져진 화두에 휩쓸리기에 바빴다.

그렇게 겨우 종례를 마치고 회사에 갔더니 사람들이 죄다 모여 있었다.

"아, 오셨습니까?"

김연이 나를 발견했다.

우르르 나에게 인사한다.

"무슨 일 있나요?"

"조 이사님 10집 타이틀이 결정됐답니다. 오늘 시연한다고 해서 모여 있는 겁니다."

"그런가요?"

"앉으시죠. 위대한 탄생은 이미 준비를 마쳤습니다."

"예."

마련해 준 자리에 앉으니 조용길이 들어왔다.

다들 박수로 그를 맞았고 나도 그랬다.

김연은 귓속말을 던졌다.

"조 이사님의 자전적인 이야기랍니다. 곡부터 노랫말까지 전부 직접 작업하셨다고요."

"아아……."

고개를 끄덕이는 나를 힐끗 본 조용길은 위대한 탄생에게 눈짓했고 조금은 장엄하고 신비로운 느낌의 인트로였다.

나에겐 익숙한……

'아……'

"화려한 미래를 그리며 찾아왔네. 그곳은 차갑고 험한 곳~ 이리저리 헤매다 초라한 구석에서 뜨거운 눈물을 쏟는다. 머나먼 길을 찾아 어디에, 꿈을 찾아 어디에……."

'꿈'이었다.

Dream.

대한민국 가요계 최정점에 서서 수많은 장르를 섭렵한 조용길마저 주저 없이 인생곡으로 꼽은 명곡.

아주 예전, 그의 인터뷰를 본 적이 있었다. '꿈'은 농촌 청년이 도시로 와 겪은 내적 갈등과 절망을 그린 것이라고.

하지만 그게 다가 아닐 것이다. 과연 '꿈'이 얘기하는 바가 농촌 청년에만 해당될까.

가슴에 와닿았다.

저 노랫말이, 저 곡조가.

나도 그랬고 나도 같은 걸 겪었다. 동시에 지난 하루 겪었던 요상한 경험의 실체를 깨달았다.

방황이었고 배회였고 유랑이었다.

목표를 잃어버린 삶에 대한 괴리.

그 뿌리를 잡자마자 내 속 무언가의 껍질이 깨지듯 공간이 열렸다. 그 속에서 태풍과도 같은 감격이 물결쳐 왔다. 조용길의 완숙한 보컬이 심장을 후벼 팠고 담담하게 꺼내는 이야기가 내 이야기가 되어 갔다.

벌떡 일어나 박수 쳤고 그것으로도 부족해 달려가 안았다.

"하하하하하, 괜찮았…… 어! 너 울었어?"

"아니에요. 아니에요."

"내 노래를 듣고 운 거야? 설마 이 얘기에 공감한 거야?"

놀랍다고 쳐다본다.

나를 다시 안아 주었고 다시 내 머리를 쓰다듬어 주었다.

그 손길이 그 마음이 내 마음을 더욱 따스하게 녹여 냈다.

누군가 이런 말을 한 적이 있었다.

- 가장 개인적인 것이 가장 창의적인 것이다

그럴 것이다. 그럴 수밖에 없을 것이다.

삶은, 인생은, 결국 가장 개인적인 것을 써 내려가는 노트일 테니.

그게 진짜이고 진짜 참 인생일 것이다. 나 같은 표절 인생은 애초 끼어들 자리가 없었다.

"……."

어쩌면 나도 이미 느끼고 있었을지도 모르겠다.

남들보다 빠르고 남들보다 뛰어나 보일 순 있을지언정 진짜는 아니라고.

진짜 인생은 이런 것이라는 걸…… 조용길이 내게 보여 주었다. 삶은 이렇게 말하는 거라고.

"대운아, 왜 그래? 무슨 일 있어?"

"아니에요. 아니에요."

주체할 수 없었다.

감히 세상을 통제하고 있었다고 생각했다니.

아니다.

나는 한낱 눈물조차 통제하지 못한다.

그 진실이.

뼈아팠다.

슬펐다.

나를 초라하게 했다.

나는 정녕 가짜일 뿐인가?

내 꿈은 보이지 않는 것인가?

"괜찮다. 괜찮다. 이 아저씨가 여기 있다. 이 아저씨가 너랑 함께 있다. 내가 너를 지켜 주겠다. 아저씨를 믿어라. 내가 너와 함께하겠다."

꽈악.

나를 안는 두 팔이 느껴졌다.

굳센. 이제는 나보다도 작지만, 너무나도 큰 팔.

하릴없이 크고 넓은 포근함이 전해졌다. 어릴 적 아빠 등에 업혀 병원으로 갈 때 느꼈던 안도감이.

조용길을 보았다.

그가 나를 보았다.

◇ ◆ ◇

극동의 조그만 반도국에서 태어난 회귀자가 또 한 번의 각성을 마주하고 있을 때도 지구촌 시계는 잘도 돌아갔다.

중동, 미군이 주도한 사막의 폭풍 작전으로 언제든 미사일

이 날아올 수 있는 일촉즉발 상태에서 이라크군은 보란 듯이 쿠웨이트 주재 벨기에, 프랑스, 캐나다, 네덜란트 대사관 등에 난입, 인질로 삼아 버렸다.

깜짝 놀란 세계가 또 한 번의 공분으로 온몸을 부르르 떨 때.

대륙의 끝, 중부 유럽 라인강 서쪽의 라인란트 지역에서도 세계가 놀랄 만한 일이 벌어지고 있었다.

베를린 장벽이 하룻밤 새 무너진 것.

유럽 유일의 분단국가였던 동·서독이 게르만의 기치를 올리며 통일 독일 출범을 선포한 것이다.

누구는 기뻐하고 누구는 배 아파하고.

거의 정반대에 위치한 우리도 또한 절로 우리 꼴을 돌아보게 한 사건이었으나 아쉽게도 남북한은 이 정도 이슈에도 부화뇌동하지 않을 내공 정도는 가지고 있었다.

나도 의기 충만해 무턱대고 통일을 부르짖는 스타일이 아닌지라 그러려니 하고 넘어갔지만, 일반 국민은 그렇지 않았다. 한껏 술렁였다.

어쩌면 우리도 통일하지 않겠냐고.

언론도 떠들었다.

잘하면 통일할 수도 있겠다고.

노우, 노우, 노우.

소련, 중국, 북한, 일본, 미국, 심지어 저 유럽마저 반대하는 판에 통일은 무슨 얼어 죽을 놈의 통일일까?

게다가 우리 민족은 천 년 묵은 구렁이처럼 똬리 틀고 앉아 정기를 갉아먹는 몇몇 놈들 때문에 늘 문제였다.

그놈들 또한 통일은 원하지 않고 통일의 기치를 내건 한국의 정당마저도 그랬으니 말을 하는 게 입만 아프다.

나? 그날 이후 나는 어떻게 됐냐고?

"후우……."

돌이켜 봐도 장단점이 극명히 나뉜 날이었다.

장점이야 내 삶에 대한 나의 인식이 조금 더 성숙해졌다는 거고 그렇지 않아도 나를 아끼는 조용길이 나를 얼마나 아끼는지 살핀 계기가 되었고 김연부터 도종민, 정연희 같은 식구들이 나를 얼마나 사랑하는지 알게 된 것도…… 에또…… 더 뭐가 있더라?

단점은 확고했다.

겁나 쪽팔렸다는 것.

살며 최악의 순간에도 나는 나를 놔 버린 적이 없던 냉정한 놈이었다.

그래서 이번 일은 손에 꼽을 만큼 생소한 체험이었는데…… 그것 외에는 식구들이 나에게 조금 더 조심한다는 것 말고는 걸리는 게 없었다.

삶이 언제나 먹고 자고 싸고 늘 같다라는 것에 동의한다면 회복도 금세 됐고.

원래의 나로 돌아갔다.

건방지고 당돌한 중딩으로.

"이게 2집 앨범에 들어갈 곡이라는 거죠?"

"예, 015V 2집입니다."

듣기는 좋았다. 옛 감성 돋아서.

내용도 충실했다.

앞으로 10년 이상 국민 이별송으로 자리 굳힐 '이젠 안녕'
도 있고, 부르면 괜히 노래 잘하는 것처럼 느껴지는 '친구와
연인'도 있고, 장호인의 어설픈 랩이 돋보이는 '너에게 들려주
고 싶은 이야기'도 있고…… 아기자기한 면이 귀엽고 또 그
것이 주는 맛이 있었으나.

"여전히 어설프긴 하네요. 학예회 하는 것도 아니고. 이 정
도면 1집의 완성도가 더 높겠어요."

"예? 아, 예."

너무 독했던지 김연이 살짝 당황하였다.

그러나 이것이 015V의 현 포지션이었다. 더 발전해야 하
고 더 공부해야 한다는 것.

"조금 더 다듬어서 진행하죠."

"그……렇습니까?"

"왜요?"

"아, 아닙니다."

"베테랑이 그냥 만들어지는 게 아니잖아요. 이런 시절을
겪어야 더 깊게 들어가죠. 그래도 인기는 끌 테니 걱정 마세

요. 015V는 다음이 더 기대되는 그룹이니까."

"알겠습니다."

"다음은 누군가요?"

"승후입니다."

'날 울리지 마' 건 때문에 장장 반년을 더 헤매야 했던 가수.

"열 곡 다 채웠나요?"

"완벽하게 마쳤습니다. 들려 드릴까요?"

"아니요. 기존의 것을 타이틀로 해서 진행해 주세요. 승후 형 것은 더 들어 볼 것도 없어요. 우리 오필승의 차세대 간판이 될 테니까요."

"그렇게나 보십니까? 변진석이도 있는데."

변진석은 지금 '희망사항'으로 무쌍을 찍는 중.

"진석이 형은 3집까지만 보살필게요. 이후 행보는 자유롭게 놔두죠."

"예?!"

"왜요?"

"갑자기…… 아, 아닙니다."

"제가 너무 차가운가요?"

"……."

내 말이 맞다는 듯 김연은 당혹한 표정을 감추지 못했다. 그 속에 담긴 자책도.

"실장님은 잘못한 게 없어요. 저도 달라지지 않았고요. 조금 더 명확하게 선을 긋고 싶어서 그런 거예요. 지지부진 끌고 가는 건 서로에게 도움 되지 않잖아요."

"단지…… 그것뿐입니까?"

"일반 직장인이 아닌 아티스트들이잖아요. 자유로운 영혼들. 어느 정도 자리를 잡게 해 줬다면 다음부터는 자기 길을 걸어야죠. 물론 오필승의 문은 언제나 열려 있고요."

"아……."

"우리 시스템이 그래요. 우선은 제 영향력 때문에 조심은 하겠지만, 언제까지 가겠어요? 각자에겐 각자의 방식이 있을 텐데요."

"그런 의도였습니까? 저는 몰랐습니다. 왠지 내치시는 게 아닌가 싶어서……."

"제 심경에 변화가 생긴 것 때문에요?"

"……예, 죄송합니다."

고개를 푹 숙인다.

"맞아요. 성공에 대한 인식이 변하긴 했어요. 제가 놓치지 말아야 할 것에 대한 기준이 이전보다 선명해졌고요. 단지 그것뿐이에요. 흔들리지 않을 기준이 섰다고 해야 하나? 설명하기에 애매하네요."

"아아, 애써 설명하실 필요 없습니다. 총괄님이 괜찮으시다면 저도 괜찮습니다."

손사래를 친다.

나름대로 납득했다는 것.

고개를 끄덕인 나는 마무리를 지으려 했다. 할머니들이랑 충실히 보내기 위해.

하지만 김연이 다시 잡았다.

"아직 신해천이가 남았습니다. 작업은 거의 마무리했고 최종 수정만 남겨 놓은 상태입니다."

"해천이 형이요?"

"예, 2집이요. 틀어 봐도 되겠습니까?"

"예."

들어 보자 말했지만 나는 이미 알고 있었다.

기억에 신해천 2집은 한국 최초의 미디 음반이었다.

미디(MIDI : Musical Instrument Digital Interface) 음악이란 디지털 피아노, 신시사이저, 전자 키보드, 미디 기타, 드럼 머신, 음향 장치 등을 활용해 만든 컴퓨터 음악을 말한다.

곡 작업 시 더는 연주자에 의지할 필요가 없어졌다는 뜻. 혼자서 다 할 수 있으니까.

물론 녹음 시에는 여전히 필요했다.

타이틀로 '재즈 카페'가 흘러나왔다. '나에게 쓰는 편지'가 나왔다. '내 마음 깊은 곳의 너'가 내 귀를 사로잡았다.

"후우……."

좋았다.

이 사람은 이 나이 때도 이런 가사를 써 댔던 모양이다.

한 줄, 한 줄 너무도 주옥같아 덧없이 보내기 아쉬울 정도.

과연…… 신해천.

이런 사람이 바로 천재가 아닐까.

"훌륭하네요."

"그 정도인가요?"

김연이 갑자기 눈을 빛냈다.

왜 그러지?

"015V와는 달라서요."

아……. 반응이 다르다는 걸 말하는 건가?

변명의 시간이 왔다.

"원래 음악의 고하는 없는 것이겠지만 취향의 문제는 어쩔 수 없잖아요. 저는 이쪽이 더 끌리네요."

"으음, 그리 말씀하신다면 저도 그렇긴 합니다. 곡도 곡이지만 가사가 원체……."

"멋지죠?"

"총괄님이 계시지 않았다면 단연 1등으로 삼았을 겁니다. 해천이는 천재예요."

"열정도 넘치죠. 그걸 위해 포기할 걸 포기할 줄도 알고요."

"물건이죠."

"저는 완전히 만족할 때까지 놔두고 싶네요. 건들면 오히려 역효과가 날 것 같아요. 실장님은 공감만 해 주세요. 네 삶이 이룩한 성찰을 존중한다고요."

그 순간 김연의 표정이 더없이 밝아졌다.

"아아~ 그러면 되겠군요. 사실 부담됐거든요. 무슨 말을 해 줘야 할지 몰라서…… 네 삶이 이룩한 성찰을 존중한다. 이게 핵심이겠군요."

"더 대단해질 거예요. 가만히 놔두는 게 아까울 정도로요."

"그렇겠네요. 알겠습니다. 저도 더 열심히 하겠습니다."

"저도 열심히 할 거예요. 저도 곧 8집이 완성됩니다."

"그러십니까? 안 그래도 언제 나오나 목 빼던 중이었습니다."

"비록 어떤 분야에서든 성공 가도를 걷는다고는 하나 본업을 외면해서는 안 되겠죠. 누가 뭐라 해도 제 본업은 딴따라잖아요."

"딴따라…… 평소에는 무척 듣기 싫었는데. 이상하네요. 총괄님이 사용하시니 왠지 그럴듯해 보입니다. 딴따라, 딴따라……."

"저도 포장은 안 할 거예요. 시대와 함께 갈 수 있다면 딴따라로 불리든 뭐로 불리든 무슨 대수일까요. 우린 걸어갈 뿐인데요."

"맞습니다. 우린 걸어갈 뿐이죠."

"그런 의미에서 저는 퇴근할게요. 걸어갈 길이 아직도 험난해서 에너지를 충전해야겠어요."

"고생하십시오. 응원하겠습니다."

"파이팅입니다!"

"파이팅!!!"

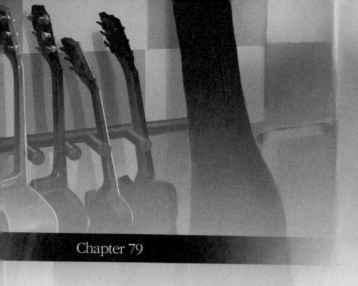

Chapter 79

내가 내 인생에 닥친 허들에 휘청거리다 겨우 넘어갔을 때 한국도 예상치 못한 허들의 등장에 놀라 뒤집히고 있었다.

보안 사령부 소속 병사 하나가 내부 폭로를 감행한 것이다.

재야 저명인사 1,300명의 명단을 보안 사령부가 보유하고 있다고.

난리가 났다.

호명된 인사들은 이름만 말해도 알 만한 사람들이라.

국민의 알 권리를 실천한 건지 아님, 어떤 정의감의 발로였는지 그 병사는 탈영까지 해 가며 수집한 자료를 세상에 공개하였다.

놀라운 건 다음이었다.

모든 언론이 내용을 쏟아 내며 정부가 악습을 그대로 행하고 있었다며 난리를 피우는 와중 김대준이 이런 주장을 펼쳤다.

내각제 개헌 포기, 지방 자치제 시행…… 이런 건 왜 주장하는 건지……. 하여튼 김대준은 보안 사령부 해체, 민생 안정을 요구하며 단식에 들어갔고 놀란 노태운이 국방부 장관과 보안 사령관을 전격 경질했음에도 빌미를 잡은 학생들과 야당은 정권 퇴진을 요구하며 거리로 나섰다.

여기까진 수순이라 볼 수 있는데.

문제는 그 병사였다.

어느 순간 그 사람이 보이지 않았다.

물론 정부의 눈을 피해 숨어 다니는 걸 수도 있겠지만 그런 거로 치부하기엔 재야, 야당 쪽 움직임이 다소 명료하지 않았다.

정부의 반격도 맹렬했다.

양심선언한 병사의 실체라며 정보를 까발렸는데, 그중에는 혁노맹 간부 일체와 모임 장소 등을 파악하여 체포하게 도와줬다는 내용을 공개, 정부와 혁노맹 간 이중 스파이라고 하였다. 국가 혼란을 원하는 자들의 사주를 받은 걸지도 모른다고 호도하였다.

누구도 이를 반박하지 않았다. 명단에 오른 정계와 노동계, 종교계는 자기 밥그릇 챙기기 바빴고 정권 퇴진만 부르짖었다. 병사의 존재는 순식간에 사람들의 시야에서 사라져 버렸다.

참고로 본역사에서 그 병사는 실제로 혁노맹과 보안 사령부 사이에서 이중 스파이 노릇을 해 왔고 2년간의 도피 끝에 잡혀 육군 고등 군법 법원으로 이송, 징역 2년을 선고받았다. 사찰 대상이었던 사람들은 국가를 대상으로 1991년 손해 배상 청구 소송을 하였고 1998년 7월, 대법원은 각 2백만 원씩, 총 2억 9천만 원의 위자료를 국가가 지급하라고 판결했다.

그러나 이번은 달랐다.

전과 달리 법이 훨씬 강력해졌다.

보안 사령부의 운명이야 그 역할이 대폭 축소돼 이름 또한 국군 기무 사령부로 변경, 군사에 관한 정보 수집 및 군사 보안 및 방첩, 범죄 수사를 목적으로만 존재하기로 결정을 본 건 똑같다지만.

그가 받을 징벌은 아니었다.

이대로 가면 징역 2년이 너무도 감사할 지경이 될 것이다.

"내가 왜 걱정을 하지? 이놈이나 저놈이나인데."

들고 있던 신문을 확 치워 버렸다.

"들킬 것 같으니까 선수 친 것뿐이잖아."

언론에서 떠드는 것처럼 위대한 양심이니 뜨거운 애국혼이니 하는 쪽으로는 접근하고 싶지 않았다.

나는 이 시점 그이가 왜 저걸 들고 뛰쳐나왔냐는 것에 더 주목했다.

모름지기 이중 스파이란 두 집단 사이를 오가며 한쪽 혹은 양쪽 모두를 위해 일하거나 그 사이에서 이득을 보는 자를 말한다.

이등병이 이중 스파이 노릇한 게 맞다면 스스로든 양쪽 모두를 위해서든 절대 정체를 드러내선 안 된다.

이렇게 난리를 칠 이유가 없는 것.

"그깟 민간인 사찰."

이 시대를 사는 유력자 중 그걸 모르는 사람이 어딨나.

결국 둘 중 더 힘센 쪽의 추적을 받지 않았을까라는 추론에 도달할 수밖에 없었다. 살기 위해 일을 크게 만든 것.

"고작 2년 더 빨리 없앤 걸 무슨 큰일을 해낸 것처럼 하고 말이야."

보안 사령부는 어차피 없어질 과거의 잔재라.

뒤에 김영산이 있는 한 운명은 정해졌다.

다시 말해 그가 집권하는 순간 1순위 타깃이 보안 사령부인 걸 감안한다면 이 사건은 오히려 과거사 청산에 관한 한 악재였다.

어설프게 건드는 바람에 중요한 줄기는 다 숨어들고 경계를 사게 된 것.

놔뒀다면 대대적인 소탕과 물갈이가 이뤄졌을 텐데.

쩝.

"이래서 역사는 간단치가 않나 봐."

그렇다고 이번 고발로 그가 영화를 누렸나?

절대 아니다.

집안은 파탄.

일생을 번듯한 직장 한 번 가지지 못하고 밑바닥을 구르게
된다. 사회단체라도 꾸릴 깜냥이 되면 나름 목소리를 내고 살
겠지만, 그도 아니고.

"으흠, 큰 이슈를 이끌었으니 정치적 소산은 확실한데."

무엇을 가져다 붙인들 서슬 퍼런 보안 사령부를 없앤 가장
큰 공로자다.

소위 운동권에서 놀았다 하던 이들이 별것 아닌 활동력으
로 2000년대 정치 주류를 이끈 걸 기억한다면 결코 쉽게 볼
일은 아니었다.

이런 가정을 해 봤다.

그가 이 시점, 김대준에게 붙는다면?

2년간 도피하지 않고 자수해서 대가를 치른다면?

인생이 달라지지 않을까?

"......."

나도 내가 왜 이러는지 모르겠다.

평소라면 굿이나 보고 떡이나 먹겠건만.

궁금했다.

이대로는 나락으로 떨어질 인간에게 기회를 준다면 그 사람
은 과연 내 손을 잡을까? 아니면, 본래 생겨 먹은 대로 행동할까?

그걸 확인하고 싶어 전화기를 잡았다.

"배성만 씨와 만나고 싶은데. 주선해 주실 수 있나요?"

요청을 받은 나우현은 이렇게 설명했다.

이 건은 자기 혼자 힘으로는 안 되고 언론 노련 초대 위원장이자 올 5월 출범한 2십만 조합원을 거느린 '전국 업종 노동조합 회의' 초대 위원장인 권영기 씨의 힘이 필요하다고. 시간이 조금 걸릴 테니 기다려 달라고.

며칠을 학교나 다니며 기다리자 나우현이 장소와 시각을 알려 왔다.

생각보다 의외의 장소였다.

보안 사령부 요원들이 눈에 불을 켜고 다니는 이때 배성만은 서울시에서도 부촌으로 유명한 성북구에 있었다.

그것도 할배들이나 들락날락할 것 같은 기원에.

"재밌네. 재밌어."

겸딱지 백은호와 기원으로 향하자 세 명의 사내가 앞을 막아섰다.

"여긴 뭐 하러 온 거지?"

"너희 누구야?"

티가 나도 이렇게 팍팍 날 수가.

"이 아저씨들 웃기네. 기원에 뭐 하러 오겠어요? 탁구 치러 오겠어요?"

"크음, 오늘 기원 문 닫았다. 내일 와라."

"가. 내일 와."

손으로 민다.

대뜸 강제력이라니.

이러면 또 우린 곱게 못 가지.

"어! 문 열렸는데. 불도 켜 있고. 아저씨들 깡패예요? 경찰에 신고해야겠는데."

"뭐야?!"

"경찰?!"

"이것들 경찰 뿌락지 아냐?!"

"함정이다! 어서 윤 열사 데리고 나와!"

툭 건드니 난리다.

이런 사람들을 데리고 무얼 한다는 건지.

한 사람이 서둘러 기원으로 올라갔다.

두 사람이 뒷주머니에서 짤막한 막대기를 꺼내 든다.

미친 것들.

아니, 잘됐다. 나를 어떻게 소개해야 하나 고민했는데.

"치워 주세요."

"옙."

백은호가 전광석화같이 움직이며 한 명을 제압, 다른 한 명도 끽소리 지르기 전에 실신시켰다.

단 두 번의 공격으로 두 사람을 쓰러뜨린 것.

"굉장하네요."

"격투기를 수련하며 예전 몸을 되찾았습니다. 지금 당장 북한에 올라가도 살아 나올 자신이 있습니다."

"도움이 됐나 봐요."

"많은 도움 됐습니다. 특히 잡기 기술은 비할 데 없이 늘었고요."

"올라갈까요?"

"제가 먼저 가겠습니다."

대답도 듣지 않고 백은호가 올라갔다.

나중에 얘기를 들어 보니 위에서 대기 타던 나우현이 도망가려는 배성만의 다리를 잡고 버티고 있더란다. 먼저 올라간 놈은 뒷문을 열고 빨리 나오라 소리치고.

슥삭 쿵.

끝.

호위 셋이 제압당하자 일이 틀어졌음을 깨달은 배성만은 얌전해졌다. 그사이 백은호는 한 명씩 들어 2층 기원에다 올려놓았다.

"궁금해서 보자 했어요. 일일이 말로 설득하기에는 품이 너무 많이 들 것 같아 보다시피 강제력을 좀 발휘했고요."

"……."

"으흠, 지금쯤이면 보안 사령부랑 다르다는 걸 알 텐데도 대화를 거부하시네요. 뭐 좋아요. 나도 오래 끌 생각 없으니까."

"……."

"자수하세요."

"뭐?!"

"자수하면 살고 도망치면 평생 바닥에서 전전긍긍할 거예요."

"이 자식이!"

반항하려는 배성만을 백은호가 내리눌렀다. 나우현은 얌전히 내 뒤에 서 있었다.

"일단 들어 보세요. 내 말을 듣고도 마음이 변하지 않는다면 할 수 없죠. 앞으로 배성만 씨의 인생이 어떻게 될 건지 브리핑해 줄 거니까."

중국도 아니고 미국도 아니고 멕시코, 남미도 아닌 이 좁디좁은 땅덩이에서 도피란 결국 눈 가리고 아웅이다.

잡힐 테고 가중 처벌을 받을 것이다. 그사이 집안은 풍비박산, 대가를 치르고 나와도 보안 사령부의 적이 된 자를 받아 줄 기업은 없었고 결국 평생 막일만 하다 죽을 거라고 얘기를 해 줬다. 지금이야 노동계니 정치계니 종교계가 싸고돌지만 그게 언제까지 갈 거라 생각하냐고.

"이중 스파이를 할 정도면 내 말이 헛말이 아니라는 것쯤은 아실 테고 이래도 대화 거부예요?"

"……."

말이 없다는 건 따져 보고 있다는 것.

이해한다.

살기 위해 일은 벌였다지만 돌아가는 행보가 녹록지 않았다. 누가 제보했는지는 점점 쟁점 사항에서 밀려나고 사찰만, 정부의 퇴진만 계속 부각되고 있다. 더구나 정부의 음해도 보통이 아니다. 잘못하다간 북한의 간첩으로 몰릴 수도 있었다.

하지만 난 기다려 주기 싫었다.

내가 갑.

일어났다.

"계속 이렇게 삐딱하게 굴면 나도 슬슬 재미없어지는데. 대화하기 싫음 말고요."

몸을 돌려 나왔다.

"내가 자수만 하면 끝나는 거요?"

나직한 목소리였다. 바보는 아닌 모양.

"……."

"내가 자수하면 이 일이 끝나느냐고 물었소."

몸을 돌리며 웃어 줬다.

"당신이라면 곱게 끝내겠어요?"

"그렇잖소. 나는 이래나저래나 죽는 건 매한가지요. 나더러 더 어떻게 하라는 거요?!"

목소리를 높인다. 가만히 봐 주었다.

"태도가 건방지네요."

"그건……."

"팝콘이나 뜯으며 구경만 해도 되는 내가 굳이 나선 건 우리 국민이 민주주의를 얻기 위해 어떤 희생을 치렀는지 봤기 때문이에요. 당신이 잘나서가 아니고."

"나도 싸웠소!"

"지랄. 깔짝이나 댔겠지."

"……."

"겸손하세요. 그나마 있는 호의마저 날려 버리기 전에."

"……."

진퇴양난이라.

웃긴 건 이 사람은 이래도 죽고 저래도 죽는 처지라도 생의 의지를 불태우고 있었다. 다 포기하고 들이받는 쪽이 아닌 만큼 융통성으로 좋게 봐줄 수도 있으나 아무래도 결정적일 때 배신할 가능성이 농후한 스타일 같았다.

그도 자신을, 그 사실을 아주 잘 알고 있을 것이다. 그랬으니 일을 이렇게 키웠겠지.

쓰러진 사람들을 보았다.

별 볼 일 없는 사람들이다.

뭉치고 연합이라 포장해도 노동자는 노동자.

사태를 변화시킬 힘이 없었다. 이 일을 단번에 다른 측면으로 끌고 갈 인물은 이 나라에 단 한 명밖에 없었다.

"잘 들어. 어차피 사라질 보안 사령부 따위 건드린 건 내 눈에 차지도 않아. 그러니까 그런 거로 내게 어필할 생각은 마. 내가 너를 찾아온 건 이용만 당할 네 인생이 불쌍해서니까. 자, 지금 기회를 줄게. 대신 평생 국민을 위해 산다고 맹세해."

이후 며칠이 지나지 않아 난 신문 지면에서 그를 만날 수 있었다.

단식 중인 김대준 앞에 넙죽 엎드린 배성만.

그런 그를 안아 주는 김대준.

그들 뒤의 권영기.

세 사람은 손잡고 함께 서초경찰서로 향했다. 내가 안배한 강희철을 만났다.

곧바로 헌병들이 들이닥쳐 배성만을 데려가려 하였으나 강희철은 제대로 된 이송 문서를 가져오지 않으면 절대 불가라며 온몸으로 막았고 다음 날 이 일이 기사로 대서특필되었다. 강희철이 김대준의 눈에 들게 된 결정적인 계기라.

배성만의 무게감도 작지 않았다. 권영기란 노동계 인물을 끌고 들어올 정도.

호랑이 등에 올라탄 김대준은 노동계를 잡기 위해서라도 총력을 다해 배성만을 보호하려 하였다. 날마다 찾아와 부당한 대우를 받은 게 없는지 조사하였고 이를 또 대기 중인 기자에게 언급했다.

이 정도까지 흐르자 정부도 더는 함부로 굴 수 없었고 정확한 절차에 의해 본역사처럼 육군 고등 군법 법원으로는 이송됐으나 징역 판결도 받지 않았다. 탈영으로 인한 영창 15일로 마무리.

영창이 끝난 배성만은 후방 부대로 근무지가 변경, 병역 의무를 마치면 김대준 휘하로 들어가 본격적인 정치 행보를 걷기로 했다고 한다.

"이 정도면 확실히 챙겨 준 거 아닌가?"

시작이 어떻든 그의 인생이 달라진 건 맞다.

전처럼 이 공장, 저 공장 떠돌지 않아도 될 테고 잘만 한다면 김대준의 직속으로 좋은 세상 만날지도 모르겠다.

"……."

그건 그렇고. 문제는 나였다.

"너무 충동적이었나?"

일 벌이고 나서부터 며칠간 후달렸다.

"나중에 잘돼서 쌩까지 마라."

사람이란 게 화장실 들어갈 때와 나올 때가 다른 법이긴 한데. 쩝.

"뭐 쌩깔 수 없게 만들어 주면 되지 않을까?"

◇ ◆ ◇

의미 없는 소식이긴 한데 잠깐 하나를 전하고 지나가자면, 지난 10월 1일 핀란드가 라디오린자의 무선 통신 기술을 승인했다는 연락을 받았다.

복기-1보다 보름 빨리 출원했다지만 또 역대급으로 빨리 승인받았다지만, 복기-1은 출원한 지 석 달이 채 지나기 전에 유럽 통신 표준으로 지정받았다.

의미도 좋게 10월 3일 개천절이라.

하늘이 열린 날.

핀란드로서는 천추의 한이 될 날이라.

그들이 1995년이 아닌 1989년에라도 유럽 공동체에 가입했다면, 조금쯤은 파고들 여지가 있었을 텐데.

끝.

라디오린자의 무선 네트워크 기술은 실컷 개발하고 사장될 운명이었다.

"안됐네. 뭐 본역사대로 흘러간다 해도 노키아가 다 먹는 건 아니니까."

오늘은 기다리고 기다리던 페이트 8집 가녹음 날이다.

도대체 얼마 만인지 모르겠다.

내년 1월 발매를 목표로 일정을 잡고 가수들을 섭외, 약 일주일간의 연습 시간을 주고 오늘 바로 오필승에 모였다.

"환영해요. 우리 함께 힘 합쳐서 좋은 앨범 만들어 봐요."

"기대하고 있었어. 워낙에 오래 기다렸거든."

"그런가요?"

"그럼, 엄청 기다렸어. 언제 부르나 하고 말이야."

조용길의 화답과 함께 요이~땅.

그러고 보니 1989년 상반기 7집 oasis를 발매하고 근 2년 만의 작업이었다.

그런 측면에서 1번 트랙의 선정부터가 무척 난해하였는데.

1번 트랙은 소설로 치면 글의 성격을 나타내는 머리글과 같은 역할이라.

이를 위해 수많은 장르를 섭렵, 명곡 중에서도 타이틀이 될 만한 곡을 다시 찾아야 했다.

그렇게 난 한 곡을 낙점했다.

Eric Clanton의 Change The World.

1996년에 발매된 에릭 클랜튼의 싱글.

같은 해 개봉된 존 트라볼타 주연의 영화 페노메논의 엔딩 곡이기도 한데 에릭 클랜튼의 또 다른 명곡인 Tears in Heaven과 경합을 펼치다 이 곡으로 선택했다. Tears in Heaven을 피한 이유는 에릭 클랜튼이 죽은 아들을 기리기 위해 쓴 곡이라 양심에 찔렸다.

그렇다고 Change The World가 부족한 건 절대 아니었다. 세계적 명곡 반열에 있었고 사랑 노래로서 가진 따뜻한 색감과 넘치는 균형감이 이번 앨범의 시작과 끝을 이끌어 가기에 아주 훌륭했다.

나는 원곡보다는 조금 더 블루지하고 다채로운 리듬감이 들어간 Change The World로 각색했는데.

기타 및 연주만 초반 1분 40초를 잡아먹는…… 에릭 클랜튼의 진수가 담긴 6분짜리 곡으로 넣었다.

당연히 조용길의 몫이라.

'꿈'의 무거움을 잠시 내려놓고 목숨 걸 만한 사랑을 만난 중년 남성의 감성을 노래해 달라 부탁했다. 그 사람을 위해 세상이라도 바꾸고 싶은 남자의 마음을 표현해 달라고.

조용길은 so good.

2번 트랙은 Shawn Colvin의 Sunny Came Home이었다.

Sunny Came Home은 1996년 녹음하고 1997년 발매된 숀 콜빈의 싱글로 1998년 그래미 어워드 올해의 노래와 올해의 레코드를 수상한 명곡이었다.

써니란 여자가 과거로부터 도망가기 위해 자기 집을 불태우는 다소 과격한 내용의 곡임에도 무척 사랑받았고 변화를 컨셉으로 잡은 8집의 분위기와도 어울려 뽑았다.

나는 이 곡을 이은민에게 줬다.

이은민은 보컬 쪽으로는 정평이 난 여자 솔로로 '기억 속으로', '애인 있어요', '녹턴' 등으로 유명한…… 이미 완성형임에도 꾸준한 복식 호흡으로 성량을 단련하고 발성법 등 창법의 연구에 몰입하는 발전형 가수였다.

개인적으로 현재까지 나온 모든 여자 솔로를 통틀어 최고가 아닌가 생각될 기량이었는데.

내가 그녀에게 요구한 건 단 하나였다.

미국 서부 텍사스 황량한 곳에 놓인 집 한 채를 떠올려라.

그곳을 벗어나기 위해 오히려 그곳을 태워 버리는 어떤 여인의 심정을 담아 보라고.

으으음, wonderful.

3번 트랙은 모던록으로 분위기를 바꿔 봤다.

Hoobastank의 The Reason.

잔잔한 멜로디를 그리는 기타와 베이스에 리듬감 넘치는 드럼, 감성 폭발한 보컬로 유명한 곡.

후바스탱크 사상 최고로 손꼽는 불후의 명곡이었다.

2003년에 발매된 앨범 The Reason의 동명곡으로 연인이 떠나려 하자 그 이유를 자신에게서 찾고 변화하려는 내용이라.

나는 이 곡을 지금 한창 '내 사랑 내 곁에'를 연습하는 김현신에게 맡겼다.

80년대 초와는 전혀 달라진 목소리의 그라면 더그 롭의 보컬에 못지않을 것이다.

역시나 good.

4번 트랙도 역시 Hoobastank에서 뽑았다.

후바스탱크가 발표한 수많은 곡 중에서도 그들의 색깔을 가장 잘 나타낸 곡 Out Of Control이었다.

The Reason의 분위기와는 전혀 다른 곡.

인트로부터 급진적이고 시종일관 거칠기 그지없는 곡.

건들지 마. 돌아 버리겠어. 하라는 대로 했잖아. 더 어떻게 하란 말이야! 란 외침이 강렬한 펑크 멜로디에 얹혀 모든 걸 찢어발길 듯 짓쳐 들어가는 곡.

이 곡도 김현신에게 주었다.

김현신은 씨익 웃었고 말없이 내게 엄지를 내밀었다.

내가 원한 건 하나였다.

토해 내라.

우웨에에엑.

5번 트랙은 Jason Mraz의 Geek In The Pink였다.

2005년에 발매된 2집 Mr. A~Z에 실린 곡으로 영어 가사가 외계어로 들릴 만큼 빠르고 경쾌한 곡이었다.

제이슨 므라즈의 매력이 물씬 묻어나는 곡.

들으면 일단 신난다. 우리 감성과 잘 맞았고 그래서 우리나라에서 인기가 아주 많았다.

초반 진입 장벽(못 알아듣는)이 있다지만 빠져드는 데는 그리 어렵지 않았다. 가사를 숙지하면 더 잘 들렸고 50번쯤 들으면 따라 부를 수도 있을 만큼 가벼웠으니.

19금적인 요소를 최대한 줄여 썼으나 부를 사람이 없어 내가 직접 참여했다.

88 서울 올림픽 기념 앨범도 그렇고 나도 앨범에 한두 곡 정도는 들어가도 괜찮지 않을까?

나야말로 괴짜니까.

6번 트랙은 Faber Drive의 Candy Store였다.

2012년 발매된 캐나다 출신 팝펑크 밴드 페이버 드라이브의 3번째 앨범 Lost In Paradise에 수록된 곡으로 달달한 멜로디와 톡톡 튀는 기타 연주가 특징인 곡이었다.

자기 고백인지 주로 듣는 평판인지 모를 가사가 아주 독특한 느낌을 주는 곡이라.

누가 널 어떻게 떠벌리고 다니든 개의치 않은 건 너의 강점이자 약점이라는 내용이 괜히 나의 심령을 건드렸다.

그래서 또 내가 불렀다.

노래만 있다면 누군가를 찾았을 텐데 중간에 들어가는 래핑 때문에…… 미국에 있는 라킨을 부를 수도 없고 내가 했다.

생각보다 잘 나와서 만족.

7번 트랙은 Boys Like Girls의 The Great Escape였다.

2006년에 발매된 Boys Like Girls의 데뷔 앨범에 수록된 곡으로 멜로디 라인이 특히 우리나라에서는 거의 모르는 사람이 없을 만큼 아주 유명했다.

바쿠스 CF, 베이징 올림픽 스팟 광고 등에 쓰이며 유명해진 곡.

마틴 존슨이 고등학교의 마지막 날 친구들과 고향을 떠나는 것을 상상하며 쓴 곡이라는데 85년생이니까 데뷔하려면 아직 멀었다.

밴드답지 않게 라이브가 워낙 들쑥날쑥해 크게 뜨지는 못하였다. 그래서 곡 가져오는 것도 크게 가책을 못 느끼겠고.

나는 이 곡을 최호선에게 주었다. 88년 '세월이 가면'이 공전의 히트를 기록한 후 최고 인기 가수로 등극한 사람. 나와는 연이 많은 사람.

내가 요청한 건 조금 더 날카롭게 질러 달라는 것이었는데 최호선은 문제없었다.

8번 트랙도 역시 Boys Like Girls의 곡으로 2009년에 발매된 2집 Love Drunk의 동명곡이었다.

일명 보라걸이라 불리는 Boys Like Girls의 최전성기를 이끌었던 곡.

마틴 존슨의 필력(얘는 가수보단 작가가 낫지 않았을까?)이 느껴질 만큼 가사가 일품으로, 주제가 이별임에도 연주는 청량하고 시원한 느낌을 줬다. 한국의 90년대를 이끈 슬픈 가사와 경쾌한 멜로디란 특징이 그대로 묻어나는 기분.

최호선이 불렀고 조금은 명량 만화처럼 나왔다.

9번 트랙은 Los del Rio의 Macarena였다.

스페인 세비야 출신 남성 듀오 로스 델 리오가 1992년에 발표한 곡으로 스페인에서 히트 친 후 라틴아메리카를 거쳐 미국의 Bayside Boys가 리믹스, 1995년 영어로 번안되어 세계적인 히트한 곡이었다. 로스 델 리오가 1992년 베네수엘라 방문 당시 즉흥적으로 작곡한 곡으로 당시 제목이 Diana, dale a tu cuerpo alegría y cosas buenas! '다이애나, 당신의 몸에 기쁨을 줘'였다.

그런 곡이 우리나라에까지 전해져 연예인들마저 이 정도는 해야 세계적 추세를 따라잡는다며 율동 하던 걸 봤다.

당연히 리믹스 버전으로 삽입했고 영어 번안은 하지 않았다.

그래서 이 곡을 부를 보컬을 뽑느라 아주 애먹었는데.

리믹스 버전인 이상 여성 보컬이 필요했고 남성 보컬도 스페인풍의 발음에 목소리가 호감형이어야 했다.

마땅한 사람이 없어 할 수 없이 성악계를 찾아갔다.

스페인어 발음에 익숙하고 리듬감을 따로 설명해 주지 않아도 좋으니 일석이조라 생각했지만.

여기도 문제가 있었다.

선뜻 하겠다 나서는 사람이 없다.

무슨 커다란 금기를 범하는 것처럼 터부시하길래 더러워서 퉤.

결국 수와 준에게 돌아갔다.

성악적 창법을 버리고 생목으로 불러 달라 부탁했더니 잘한다. 여성 보컬은 당연히 김완서.

훨씬 잘 나와 내가 다 놀랐다.

10번 트랙은 박호신의 Home이었다.

2016년에 발매된 김나박이 박 대장의 7집 I am A Dreamer의 타이틀.

페이트 7집에 정준이의 Hug Me를 넣었듯 이번 8집도 한국의 곡을 하나 넣기로 했는데 Home으로 결정 봤다.

이 곡도 당연히 우여곡절이 많았다.

복면가수에서 나온 소양의 버전을 사용할까 하였으나 소양처럼 부를 수 있는 가수가 없어 포기했고 결국 박 대장의 버전으로 가야지 했는데도 딱히 마음에 와닿는 가수가 없었다. 박 대장은 아직 국민학생이다.

그러다 찾은 사람이 성악가 겸 CCM 2집 '나를 받으옵소서'로 한창 활동 중인 박종혼 씨였다.

그를 찾자마자 아예 성악으로 불러 달라 부탁했다. 소양
버전으로 줬고 인종, 종교와 관계없이 누구나 감격할 성스러
운 빛으로 감싸 달라고 요청했다.

흔쾌히 콜.

oh, holy day.

이렇게 페이트 8집 : Change The World가 가녹음을 마치
고 일주일 뒤 지군레코드로 모였다.

준비된 상태에서의 완성이야 식은 죽 먹기였고 단 5시간
만에 앨범 한 장이 뚝딱 나왔다.

지난 일주일 동안 뮤직비디오 콘티를 그린 나는 시안을 지
군레코드 사장에게 주었고 그는 내 콘티와 음원을 들고 미국
으로 날아갔다.

진짜 끝.

"끝났네요."

"고생 많으셨습니다."

"고생은 실장님이 하셨죠."

"아닙니다. 다시금 느끼는 거지만 총괄님의 음악은 정말
최고입니다. 저부터라도 오직 하나를 고른다면 페이트 앨범
을 고를 것입니다."

"그래요? 감사해요."

"아닙니다. 그동안 나름대로 발전해 왔다고 생각했는데 차
원이 다릅니다. 총괄님께서 우리 총괄님이시란 게 너무도 자

랑스럽습니다."

괜한 아부는 아니었다.

앨범에 참여한 모든 이들이 김연의 반응과 비슷했고 이제야 겨우 음악다운 음악을 하였다 입을 모았다.

나도 오랜만인지라 감회가 새로웠다.

데뷔 때만 해도 반년마다 한 장씩 꺼내 들었는데 뭣 좀 바쁘게 하다 보니 2년이 훅 가 버렸네.

의도치는 않았지만 나태해진 걸 수도 있고.

"모처럼 남한산성이나 갈까요?"

"좋죠. 안 그래도 다들 기다리고 있을 겁니다. 이런 날은 몸보신 좀 해 줘야 또 내일을 살아갈 힘을 얻을 테니까요."

죄다 데리고 백숙 뜯으러 갔다.

시베리아의 한풍이 들이닥치는 겨울이라도 우리의 식탐은 영원하여라.

거하게 차려 신나게 뜯었다.

분위기도 좋고 맛도 좋고 음악도 좋다.

≪눈감을지도 모르지만~ 어느 날 너의 편질 받는다면 한동안은 나는 밥도 못 먹겠지. 이런 생각만으로 고갤 떨구네. 내 맘에 담긴 너의 사진 위로. ≫

문득 들리는 노랫소리에 귀를 기울이니 김연이 옆으로 붙었다.

'입영열차 안에서'.

"김민웅입니다."

"예."

"사실 좀 아깝죠. 왜 하필 그런 선택을 했는지."

"예?"

"한창 물 들어올 때 아닙니까. '사랑일 뿐야'로 최고 인기를 구가하고 있는데 갑자기 입대한 거잖아요. 어떻게 이런 바보 짓을 할 수 있는지."

"바보짓이라. 그렇긴 하네요."

뭐니 뭐니 해도 90년의 중반은 김민웅의 계절이었다.

데뷔 3개월 만에 초대박이 난 가수.

온 나라가 김민웅을 원하는데 뜬금없이 입대해 버린다. 입대하며 낸 '입영열차 안에서'마저 공전의 히트를 친 상태고.

당최 이해할 수 없는 일이긴 하나 나는 이게 김민웅 소속사의 마케팅 전략인 걸 알고 있었다. 소속사가 까라면 까는 시절이고 김민웅 본인도 방법이 없었을 것.

어느 미친놈이 이 좋을 때 군대에 가고 싶을까? 설사 김민웅 본인이 입대를 원한다 했어도 소속사가 막으면 그만일 텐데.

"그것도 제대로 현역으로 간 것도 아니고 방위랍니다."

"아아, 그런가요?"

"남자들 사이에서 말이 많이 나오더라고요. 입영열차 근처에도 못 가 본 사람이 어째서 이런 노래를 부르냐고요. 하하 하하하."

농담 삼아 던지는데 엄밀히 말해 김민웅은 나와도 그리 멀지 않았다.

'사랑일 뿐야'가 우리 소속 작곡가 하광운의 작품이고 '입영열차 안에서'마저 윤산의 손에서 탄생했으니.

"아이고, 그런 말씀 마세요. 그럼 제가 쓴 노래는 뭐가 되나요. 어린놈이 뭘 아냐고 할 텐데요."

"엇! 이게 그렇게 되는 건가요?"

"그럼요."

"아하하하, 실수입니다. 실수."

비운의 가수였다.

한창 뜰 때 군대에 갔고 제대 후 활동을 재개하려 했으나 태진보이스가 튀어나오며 가요계의 판도가 뒤집힌다. 절치부심 1996년 모든 재산과 대출금까지 쏟아부어 마련한 녹음실은 또 이웃 주민의 방화로 홀랑 날아가고, 재기하려 낸 4집은 IMF를 겪는다.

마치 초반의 성공이 미래의 운까지 끌어당겨 이룬 것처럼 이후 인생은 고난의 연속이라.

나중에 자동차 딜러가 돼 안정을 찾았다고는 하나 이 바닥에서 최고의 맛을 본 사람이 무엇인들 쉬웠을 리가 없었다. 시선은 늘 이쪽으로 향해 있었을 테고.

특히나 대학에서 같이 활동했던 김전민이 '슬픈 언약식'으로 대박 났을 땐 더더욱.

"아차, 신천이 아시죠?"

"붐붐이요?"

나민과 붐붐으로 활동한 DJ 겸 댄서였다. '인디언 인형처럼'이 대박 나 덩달아 인지도가 오른 사람.

나중에 천이와 미애, DJ DOG를 만들어 내며 최고의 프로듀서로 불리게 된다.

"예, 알죠."

"걔가 프로듀싱 능력이 있더라고요."

"그래요?"

"한번 기회를 주고 싶은데 어떠십니까?"

낭중지추라.

능력 있는 사람은 언제든 튀어나오게 마련이다.

웬만한 DJ는 마주하기도 힘든 김연의 입에서 기회란 말이 나왔다.

"그 사람 지군레코드 소속 아닌가요?"

"붐붐으로 활동은 하나 따로 계약은 맺지 않았더라고요. 나민이 자기 수익을 나눠 주는 형태로 가고요."

"그래요? 으음, 알았어요. 해 보세요. 실력을 발휘해 주면 좋죠."

"알겠습니다."

애기가 얼추 끝난 것 같아 잘 익은 감자를 하나 짚으려다 문득 생각나는 일에 멈칫 물었다.

"요새 가요톱열 1등은 누군가요?"

"단연 민애경이죠. '보고 싶은 얼굴'이 지금 3주째 1등 하고 있습니다. 아마도 골든컵을 수상하지 않을까요?"

"민애경, '보고 싶은 얼굴'이라. 혹시 영화의 영향이 있는 건가요?"

"영화 람바다가 세계적으로 대유행이라 더 그런 것도 있을 것 같습니다. 시기가 아주 좋았어요."

"그 뒤는 누가 쫓고 있죠?"

"이태오입니다. '거울도 안 보는 여자'로요."

오호라. 잘해 주고 있나 보다.

"그래요?"

"행사 순위 1순위로 아주 알찹니다. 요새 전국을 쏘다니느라 정신없고요."

잘돼서 좋긴 한데. 한 사람의 얼굴이 떠올랐다.

"으음......"

"왜 그러시죠?"

"김정주 아저씨는 어쩌고 있어요?"

"바쁘죠. '옥선이'가 여전한 사랑을 얻고 있으니까요."

여전한 사랑을 얻고 있다는 말은 달리 표현해 근 3년째 우려먹는 중이라는 것.

트로트란 장르가 워낙에 수명이 길긴 하나 너무 방치한 감이 있었다.

'내 마음 당신 곁으로'와 '옥선이'로 돌려 막는 것도 곧 한계가 올 것이다.

"불러들이죠. 2집 작업 들어가야겠어요."

"아, 그렇습니까?"

"혹시나 작업한 곡이 있다면 가져오라 하세요. 한번 멋지게 만들어 보죠."

슬슬 '당신'을 꺼낼 때다.

김정주 최대의 히트곡.

행사로 바쁜 와중에도 음악에서 손을 놓지 않았다면 반드시 가지고 올 것이다.

'당신'은 김정주가 쓴 곡이니까.

'흠.'

그나저나 내년 한 해는 아주 풍성한 해가 될 것 같았다. 015V에 신해천에 신승후에 김완서에 김정주까지.

내 앞에 놓인 백숙 한상차림이 더욱 맛있어 보이는 건 그 때문일까?

〈10권 끝〉